潜伏

新米女刑事

南　英男

Minami Hideo

文芸社文庫

目次

第一章　前科者の逆恨み

1

来客は前科者だった。

部下たちが一斉に緊張した表情になった。幾人かは、明らかに身構えた。

半沢一は、喫いさしのセブンスターの火を揉み消した。

自席だった。町田署の刑事課である。町田署は、都内で新宿署に次ぐ大きな所轄署だ。およそ六百人の署員がいる。署舎は七階建てで、別館もある。

五十三歳の半沢警部補は同課強行犯係長だ。現在、七人の部下がいる。紅一点は、まだ新米刑事だった。

半沢は八年前まで、渋谷署の刑事課にいた。そのときは強行犯係の主任だった。異動で格上げになったわけだ。

二階の刑事課は、いつになく静かだった。

九月上旬のある日の昼下がりだ。まだ残暑が厳しかった。

「半沢さん、お久しぶりです」

元強盗殺人犯の星加幹則がそう言いながら、歩み寄ってきた。

中肉中背で、面長だ。細い目はナイフのように鋭い。唇は薄く、いかにも酷薄そうな印象を与える。

星加は、有名洋菓子店の名の入った青い手提げ袋を携えていた。手土産か。半沢は笑顔で椅子から立ち上がった。

「いつ仮出所したんだ？」

「半月前です。半沢さんには何かと世話になったので、挨拶に伺ったんですよ。えへへ」

星加が皮肉っぽい笑みを浮かべた。

「そっちを逮捕したのは六年前だったな」

「ええ、そうです。ばかなことをしてしまいました」

「魔が差したんだろう」

半沢は言った。

六年前のある晩、星加は町田市下山崎の民家に押し入り、八十歳過ぎの世帯主男性を撲殺して、現金三十余万円を強奪した。その当時、星加は大手不動産会社の遣り手の営業マンだった。社内ではホープだったらしい。

だが、星加はギャンブルと女遊びで多額の借金を抱えていた。暴力団の息のかかった金融業者から金の返済を強く迫られ、つい犯行に及んでしまったのだ。逮捕時は、満三十二歳になったばかりだった。

「これ、みなさんで召し上がってください。『コロンバン』のクッキーです」

星加が手提げ袋を差し出した。半沢は手土産を押し戴き、来訪者を応接ソファに導いた。

向かい合うと、星加が先に口を開いた。

「昼前に被害者のお宅に行って、仏壇に手を合わせてきました」

「そう」

「居合わせた遺族の視線が痛かったですね。でも、被害者の遺影に線香を手向けたことで、気持ちが少し楽になりました」

「そうか。服役したのは確か府中刑務所だったな」

「ええ、そうです」

「出所後は、生田の実家に身を寄せてるのか？」

「いいえ、ずっと安いビジネスホテルかカプセルホテルに泊まってるんですよ。親兄弟に合わせる顔がないんでね」

「働き口は、もう決まったのかな」

半沢は訊いた。

「まだです。また不動産関係の営業をやりたいと思ってるんですが、おそらく人殺しを雇ってくれる会社はないでしょう」

「もっと前向きになれよ。まだ四十前なんだから、いくらでもやり直せる」

「そうですかね。それはそうと、半沢さんはもっと出世してると思っていました。おれをわずか数日で割り出して、事件をスピード解決させたんですから。もしかしたら、署の偉いさんたちに嫌われてるのかな」

星加が厭味を言って、脚を組んだ。

そのとき、部下の伊織奈穂巡査が二人分の緑茶を運んできた。二十二歳の新人刑事だ。

星加が無遠慮な目で奈穂を眺め、口笛を吹く真似をした。

「アイドル顔負けの部下ですね。女刑事にしておくのはもったいないな」

「ご挨拶だな」

半沢は苦く笑った。

奈穂が一礼し、じきに下がった。彼女は半沢の秘蔵っ子だった。町田署で刑事実習を受けたのは、去年の二月だ。

研修期間はわずか一カ月だったが、半沢はつきっきりで奈穂に刑事の心得を指導した。奈穂は呑み込みが早かった。警察学校を卒業すると、彼女は府中署の生活安全課に配属された。奈穂は、わずか一年半で刑事に昇任した。幾つも手柄を立てたのだろう。

半沢は娘のように目をかけていた奈穂に接することができなくなると、なんだか張りを失ってしまった。そのことを敏感に感じ取った鳩山範男署長が、奈穂を引き抜いてくれたようだ。

前例のない人事異動だった。そんな経緯があって、二カ月前から奈穂は半沢の直属の部下になったのである。

「半沢さんは見かけは単なるおっさんだけど、優秀な刑事さんだったんだよな。おれ、犯行現場に遺留品はほとんど残さなかったはずなんだけど、捕まってしまった」

「ちょっと勘が働いたんだよ、たまたまな」

「謙虚ですね」

星加が微苦笑した。

半沢は普段、万事にスローモーだった。常にゆったりと構え、めったなことでは物に動じない。

しかし、事件捜査では卓抜な能力を発揮している。検挙件数は、いつも署内でトップだった。といっても、いわゆる点取り虫ではない。出世欲はなかった。

半沢は職人肌の刑事である。ＤＮＡ鑑定など最新の科学捜査を高く評価しながらも、長年培ってきた職人的な勘や第六感も大事にしていた。

実際、犯罪捜査は職人芸と一脈通じるところがある。せっせと技を磨かないと、満足できる仕事はできない。地道に精魂を傾ければ、必ずそれなりの成果は出せるものだ。

半沢はある種の誇りを込めて、〝職人刑事〟と自称している。

持論を職場で説いているうちに、いつしか彼は部下たちから親方と慕われるようになっていた。そう呼ばれるたびに少しくすぐったくなるが、まんざら悪い気はしない。

事実、半沢はインテリ然とした風貌ではなかった。

身長は百六十七センチしかないが、体重は七十八キロもある。胴回りは九十三センチだ。高校と大学では柔道部に所属していた。五段の猛者である。

丸顔で、やや奥目だ。色は浅黒い。だいぶ薄くなった頭髪は白いものが目立つ。

「六年ぶりに町田に来たんですが、また賑やかになりましたね」

星加が言った。

「いまや町田は、人口約四十二万人のベッドタウンだからな。〝西の歌舞伎町〟と呼ばれるほどの繁華街さ」

「犯罪件数も多くなったんでしょう?」

「そうだな」

半沢は言って、クッキーの包装紙を解いた。詰め合わせの箱を開けると、星加がすぐにクッキーを抓んだ。

「実は、昼飯を喰いっぱぐれちゃったんですよ」

「なら、カツ丼でも奢ろうか」

「そこまで甘えるわけにはいきません」

「それじゃ、クッキーをどんどん食べてくれ」

半沢は『コロンバン』の箱を星加の前に押しやった。星加が日本茶を啜りながら、がつがつとクッキーを頰張りはじめた。

腹を空かせた子供のようだ。半沢は目を細め、煙草をくわえた。

「刑務所は、この世の地獄でした」

「雑居房で、いじめられたようだな」

「ええ、ひどい目に遭いました。ボス格のやくざが陰険な男で、さんざんいたぶられましたよ。他人には話せないような屈辱的なこともさせられました」

「おおよその見当はつくよ」

「でしょうね。刑務官たちは、おれの訴えをまともには取り合ってくれませんでした。

悔しかったし、ものすごく惨めでしたね。くそーっ」

　星加が涙声で言い、固めた拳でコーヒーテーブルを打ち据えた。

「辛かったろうな」

「半沢さんがおれを見逃してくれてたら、自尊心までずたずたにされずに済んだのに」

「星加、それは逆恨みってもんだ。そっちは老人を殺害し、金まで奪った」

「最初は殺意なんかなかったんですよ。逃げたい一心で、ついね」

「人間は弱い動物だから、誰も過ちを犯す可能性はゼロじゃない。法を破ったときは潔く罪を認め、償わなければならないんだよ。それが人の道だからな」

「きれいごとはやめてほしいな。こっちは情のない刑事に刑務所に送られたんだ。人生を台なしにされたんだよ」

「開き直るつもりか。おれにどうしろって言うんだっ」

「おれに六年間も惨めな思いをさせたことを詫びてもらいたいね」

「ふざけたことを言うな。こっちは職務を全うしただけだ。そっちに借りを作ったとは思っちゃいない」

　半沢は言い返した。ほとんど同時に、星加がクッキーの箱を床に叩きつけた。

「おい、どういうつもりなんだっ」

　部下の草刈厚志巡査部長が自席から離れ、星加を睨みつけた。星加は気圧されたのか、わずかに目を逸らした。

　草刈は三十四歳で、部下の中では最も気が短い。一年半ほど前に結婚したのだが、いまも血の気は多かった。髪型や服装は野暮ったいが、刑事としては有能だ。

「あんたは引っ込んでてくれ」

「なんだと⁉」

「うっとうしい奴だな」

　星加が舌打ちした。草刈が気色ばむ。

　半沢は目顔で草刈をなだめ、星加に向き直った。

「引き取ってくれ」

「まだ謝ってもらってないから……」

「失せろ！」

「わかったよ」

　星加が竦み上がり、すごすごと刑事課から出ていった。草刈が星加を追いかけかけたが、すぐに踏み留まった。

「とんでもない野郎だな」

　最年長の部下の今井忠彦が誰にともなく言った。周りの同僚が相前後して同調する。

「騒がせて悪かったな」

半沢は部下たちに言って、自分の席に戻った。すると、かたわらに坐った奈穂が腰を浮かせた。

「すぐ床掃除(ゆかそうじ)をします」

「済まないが、よろしく頼む」

「食べ物を粗末に扱っちゃいけないですよね」

「そうだな」

半沢はセブンスターに火を点(つ)けた。奈穂が遠ざかった。

紫煙(しえん)をくゆらせていると、窓際の席から刑事課長の小杉信行(こすぎのぶゆき)警部が近づいてきた。

ちょうど五十歳の小杉はノンキャリアながら、出世は早かった。課長職に就(つ)いたのは四十代前半である。

半沢は、三歳下の上司が苦手だった。自分よりも若いからではない。小杉課長には、現場捜査員を軽く見る傾向があった。ことに高卒の叩き上げ刑事たちを見下していた。そのくせ、警察官僚(キャリア)には恥ずかしげもなく媚(こ)びへつらう。そうした陰日向(かげひなた)のある性格がどうしても好きになれなかった。

だからといって、半沢は小杉に厭味や当(あ)て擦(こす)りを言ったことはない。命令を無視した覚えもなかった。人には、それぞれ生き方がある。自分の価値観と異(こと)なるからと忌(い)み嫌うのは、いかにも大人げない。狭量だろう。

「半沢警部補、いま出ていったのは六年前に府中刑務所に送られた星加でしょ？」

「そうです」

「奴は、あなたを逆恨みしてるな。路上で不意に襲いかかってくるかもしれないから、少し気をつけるんですね」

「それは考え過ぎでしょう？」

「いや、あいつは何か企んでる。星加が何か仕掛けてきたら、とりあえず公務執行妨害で身柄を押さえといたほうがいいでしょう」

　小杉がそう言い、自分の席に戻った。

　半沢は煙草の火を消し、書類に目を通しはじめた。それから十分あまり経ったころ、奈穂が自席に戻ってきた。

「一応、フロアをきれいにしておきました。それにしても、ぶち撒かれたクッキーを焼いた職人さんのことを考えると、なんか遣り切れない気分になります」

「そうだよな」

　半沢は相槌を打った。

　奈穂は、ＪＲ国立駅のそばにある『セボン』という洋菓子店のひとり娘だ。父親がオーナー・パティシエで、母は販売を受け持っている。店舗付き住宅は三階建てらしい。

「人間だけじゃなく、食べ物にも運の善し悪しがあるんですね。ごみ箱に捨てたクッキーがなんだか気の毒です」

「後で、おれがごみ箱から回収して食べるよ」

「そこまで無理することはないと思います」

「そうか、そうだろうな」

半沢は奈穂に言って、職務にいそしみはじめた。

事件発生の入電があったのは、午後六時十分ごろだった。市内つくし野二丁目にある賃貸マンション『つくし野パークパレス』の五〇三号室に住む女性宝石デザイナーが自宅の居間で絞殺体で発見されたという。

半沢は小杉課長に臨場することを告げ、すぐさま奈穂とともに刑事課を出た。二階から階下に駆け下り、署の裏手にある公用車専用駐車場に急ぐ。

半沢は覆面パトカーの助手席に奈穂を坐らせ、慌ただしく運転席に入った。メタリックグレイのスカイラインだ。

半沢は車を発進させた。

署は鎌倉街道沿いにある。同じ通りに町田郵便局やコカコーラの営業所が並んでいるが、市の中心部からは二キロほど離れていた。

鎌倉街道を数百メートル走り、旭町交差点を左折して、町田街道に出る。交差点させた。

の左角にある『ロイヤルホスト』の先で、半沢はスカイラインの屋根に赤色灯を装着させた。

横浜方面に直進すると、ほどなく右側に旧町田市役所の跡地にできた芝生広場が見えてきた。その前の通りは鶴川街道だが、道幅はそれほど広くない。

芝生広場の先を右に行くと、じきに小田急線町田駅に達する。

小田急デパートの二、三階の一部が駅の構内になっていた。JR横浜線町田駅は数百メートル先にあり、二つの駅は連絡通路で結ばれている。雨天でも濡れる心配はない。横浜線町田駅に隣接して、ルミネや丸井がある。さらに近くには東急ツイン、東急ハンズ、ジョルナなどが並び、銀行やオフィスビルも多い。

二つの駅周辺には、夥しい数の商店や飲食店がひしめいている。わざわざ都心に出かけなくても、ショッピングや飲食は充分に愉しめるわけだ。

半沢は覆面パトカーを道なりに走らせ、小田急線の跨線橋を渡った。

町田街道を直進し、町谷原交差点を左に折れる。小川一丁目の『ガスト』の斜め前から、つくし野二丁目に入った。住宅街だ。

目的のマンションは東急田園都市線つくし野駅のそばにあった。

半沢たちは車をつくし野小学校の裏手の路上に駐め、『つくし野パークパレス』のエントランスロビーに足を踏み入れた。

出入口はオートロック・システムにはなっていなかった。管理人室もない。二人は五階に上がった。

エレベーターホールには、若い二人の制服警官が立っていた。半沢たちは白い布手袋を嵌め、手早くシューズカバーも掛けた。ビニール製のヘアキャップも被る。

五〇三号室の象牙色のドアは、大きく開け放たれている。

半沢は表札を仰いだ。里見という姓しか掲げられていない。

二人は五〇三号室に入った。

間取りは2LDKだった。居間には、本庁機動捜査隊の面々がいた。検視官の姿もあった。すでに鑑識作業は終了していた。

布張りの洒落た長椅子の下に、三十二、三歳の美しい女性が倒れている。横臥する形だった。

被害者のほっそりとした首には、白い樹脂製の結束バンドが深く喰い込んでいる。本来は、工具や電線を束ねるときに用いる物だ。その強度は針金以上と言われている。

「おたくを待ってたんですよ」

機動捜査隊の山根光夫警部が歩み寄ってきた。旧知の間柄だ。四十代後半で、ずんぐりとした体型である。

「また、お世話になります。山根警部、被害者の名から教えてもらえますか」

「里見百合（ゆり）、三十二歳。静岡県浜松市出身で、職業はフリーの宝石デザイナーだね。独身だったんだ。ここは自宅兼アトリエだったみたいだな」

「第一発見者は？」

「隣の五〇二号室の主婦、真鍋弓子（まなべゆみこ）、三十五歳。第一発見者は、九州旅行のお土産を届けようと午後六時数分前に五〇三号室を訪ねたらしいんだ。いくらインターフォンを鳴らしても応答がないんで、ノブを回してみたら、ロックされてなかったという話だったよ」

「それで、隣の主婦は五〇三号室に入ったわけですか」

「そうなんだ。そうしたら、リビングで里見百合が死んでたんで、急いで一一〇番通報したということだった。検視官の話では、百合が殺されたのは午後四時から五時半ごろの間だろうってさ」

「そうですか」

半沢は懐（ふところ）から手帳を取り出した。

「ちょっと事情聴取させてもらってもいいかな」

「事情聴取ですって⁉」

「そう。実はね、遺体のそばにこいつが落ちてたんだよ」

山根が困惑顔で上着のポケットから、ビニール袋にくるまったＦＢＩ型の警察手帳を掴み出した。精巧な造りだが、本物とは微妙に色合が違う。

「その手帳は模造品でしょ？」

「そうなんだが、おたくの名前入りで、しかも顔写真まで貼付されてる」

「えっ⁉　ちょっと見せてください」

半沢は手を差し出した。

山根が黙ってうなずき、ビニール袋ごと模造警察手帳を半沢の掌の上に載せた。

ポリスグッズの店で買って、後で自分の氏名を入れたのだろう。半沢は偽の警察手帳をビニール袋の中から掴み出した。

貼られた顔写真の背景は樹木だった。どこかで隠し撮りされたようだ。氏名は手書きだった。筆跡鑑定を警戒したためか、定規を使って特徴を消している。

「加害者が一種の厭がらせで、それを故意に事件現場に落として去ったんだろうね。誰か思い当たる人物は？」

「いません」

半沢は星加の顔を思い浮かべながらも、即座に答えた。確たる根拠があるわけではない。軽々しいことは口にできなかった。

「そう。子供っぽい厭がらせだね。こんな幼稚な細工じゃ、おたくを殺人犯に仕立てることはできっこないのに」

「ええ。この模造警察手帳、鑑識に回しますので……」

「了解！」

山根が初動捜査で得た情報をつぶさに伝えはじめた。半沢は必要なことを手帳に書き留めた。

「後はよろしく！」

山根が敬礼し、同僚たちと五〇三号室から出ていった。

半沢は検視官からも情報を集め、室内を仔細に検べた。それから、死体の第一発見者を訪ねた。真鍋弓子は午後四時過ぎに五〇三号室から目の細い三十八、九歳の男が出てくるのを目撃したとも証言してくれた。

人相の特徴から、その不審者は星加幹則と思われる。しかし、まだ断定するわけにはいかない。

半沢たちはマンションの四階から六階の入居者すべてに会ってみた。さらにマンションの周辺の聞き込みも怠らなかった。だが、これといった手がかりは得られなかった。

署に戻る気になったとき、半沢の刑事用携帯電話が鳴った。ポリスモードと呼ばれ、五人との通話ができる。写真や動画を本庁通信指令本部かリモートコントロール室に送信も可能だ。被疑者に関する情報は、ただちに全捜査員に一斉送信されている。

「こちら、鉄道警察新宿駅分駐所です。あなたは、グローバル石油日本支社に勤務されている半沢薫さん、二十五歳の父親ですね？」

「ええ、そうです。町田署の刑事課にいます。わたしの長男が事故か何かに遭ったんでしょうか？」

「いいえ、そうじゃないんですよ。言いにくいことなんですが、あなたの息子さんが駅構内で若いＯＬのスカートの中を盗撮した疑いがあるんです」

「ま、まさか⁉」

「驚かれたでしょうね」

相手の声には、同情が込められていた。

「で、本人はどう言ってるんです？」

「薫さんはですね、駅のトイレで知らない男に自分のビジネスバッグをＣＣＤカメラを仕込んだショルダーバッグとすり替えられたと主張しています。もちろん、盗み撮りした覚えはないと繰り返すばかりです」

「そうですか」

「息子さんのビジネスバッグが見つかれば、すぐにも帰宅してもらってもいいのですが、現在のところはまだ……」

「盗撮済みの映像に息子は心当たりがあるようでした？」

「いいえ、それはないようでした」

「それなら、倅(せがれ)は嘘(うそ)はついてないんでしょう」

「そういう感触は得てるんですがね」

「これから、すぐそちらに向かいます」

「そうしていただけますか。お待ちしています」

電話が切られた。

半沢は奈穂に手短に事情を説明し、覆面パトカーで小田急線町田駅まで送り届けてもらった。二階の駅に駆け上がり、ロマンスカーの時刻表を確かめる。湯本発の上(のぼ)り電車が三分後に町田駅に到着予定だ。

半沢は改札口に向かって走りはじめた。

2

間もなく午前十一時になる。

だが、まだ半沢係長は職場に顔を出していない。息子の盗撮が立件されたのか。

奈穂は落ち着かなかった。自席で意味もなくボールペンを弄(もてあそ)んでいた。美人宝石デザイナーが殺された翌朝である。

「親方、遅いな。何か連絡があった？」

　向かいの席から、草刈刑事が問いかけてきた。

「いいえ、別に電話はありませんでした」

　奈穂は余計なことは言わなかった。上司の長男の一件は自分だけしか知らないはずだ。

「そうか。まさか親方、単独で宝石デザイナー殺しの犯人を追う気になったんじゃないだろうな」

「どうしてそう思われたんですか？」

「きのう、つくし野の事件現場から署に戻ってきたのは伊織だけだった。そっちの報告によると、星加幹則と思われる不審者が被害者の部屋から出てくるところを隣室の主婦が目撃したってことだったよな？」

「ええ、きのうの午後四時過ぎにね」

「だから、半沢の親方は星加が逮捕される前に自首するよう説得する目的で……」

「星加の行方を追ってた？」

「そうなのかもしれないぞ。しかし、説得に時間がかかってる。あるいは、逆に親方は星加に人質に取られたのか。いや、それは考えにくいだろう。親方は柔道五段だからな。やすやすと人質にされるわけない」

「わたしも、そう思います」

「案外、熟女パブのホステスの身の上話を聞いてるうちにひょんなことになって、その彼女と一緒に朝を迎えたりしてな」

「半沢係長がその種の浮気をするとは思えません」

「冗談だよ。親方は浮気なんかできるタイプじゃないさ。多分、夜更けまで星加を捜し回ってて、つい寝坊しちゃったんだろう」

「そうなんでしょうか」

「ああ、多分な」

　草刈が言って、視線を机の上に落とした。

　そのすぐ後(あと)、刑事課の出入口から半沢が姿を見せた。奈穂は椅子から立ち上がって、さりげなく半沢に歩み寄った。

「ご長男の容疑は晴れたんですか？」

「ああ。こっちが新宿駅分駐所に着く前に、通行人が駅の近くで薫のビジネスバッグを拾って届けてくれてあったんだよ。それで、息子の言い分が通ったんだ」

「よかったわ。わたし、心配してたんですよ。出勤時刻がふだんよりも、ずっと遅いので」

「悪い、悪い。ちょっと深酒したんでな」

「えっ、昨夜(ゆうべ)は熟女パブに行ったんですか⁉」

「熟女パブ⁉　なんだい、それは？」

「違うんですね。よかった」

「わけがわからいな。きのうの晩は、長男の代々木上原のアパートに泊まったんだ。めざめたのは十時七分前だった。息子はちゃんと出勤し、スペアキーをドア・ポストに投げ込んどいてくれなんてメモが残してあった」

「盗撮容疑を持たれたことは不愉快だったでしょうけど、父と子が差し向かいで飲むことができたんですから、結果的にはよかったんじゃないでしょうか」

「そうだな」

　半沢が頬を緩(ゆる)めた。

「息子さんを陥(おとし)れようとしたのは、誰なんですかね？」

「星加かもしれないと疑ってるんだが、まだ断定はできないな」

「宝石デザイナーの部屋から午後四時過ぎに目の細い三十八、九の男が出てくる姿を五〇二号室の主婦が見たと証言してましたよね？」

「ああ」

「星加は目が細くて、年恰好(としかっこう)も合致します。元強殺犯が里見百合を絞殺したんでしょうか？」

「いまは何とも言えないな。ただ、事件現場に落ちてた模造警察手帳は星加が細工した可能性があるな。例の模造警察手帳は、さっき鑑識係に回しておいた。その後、署長室に顔を出したんだよ。きょうの午後、捜査本部が設置される。今回は桜田門から十五人、捜一（そういち）の人間が出張（でば）ってくるそうだ」

「そうですか。事件を速（すみ）やかに解決させることに異論はありませんけど、過去七件の殺人事件は所轄の強行犯係が犯人（ホシ）を検挙したんでしたよね？」

　奈穂は確かめた。

「そうだったな」

「本庁の人たちは偉そうなことばかり言ってるけど、まったく手柄を立ててません。税金の無駄遣（づか）いですよ。町田署に半沢係長がいる間は、どんな凶悪な事件が発生しても帳場（ちょうば）を立てることはないと思います」

「ふっふふ」

　半沢が含み笑いをした。

「親方、何がおかしいんですか？」

「伊織がごく自然に警察用語を使ったんで、一丁前なことを言うようになったなと思ったんだよ」

「生意気でしたか？　それなら、捜査本部なんて設ける必要はないのではないかと言い直します」

「帳場が立つでいいさ。そっちは成長が著しいんだから、遠慮なく隠語を使えばいいんだ」

「本当に自由に警察用語を使ってもいいんでしょうか。なんか背伸びしてる感じではありません？」

　奈穂は訊いた。

「隠語を使うのも、ジュースを飲むのも自由っす」

「出た！　お得意の親父ギャグを飛ばしてるときの係長って子供みたいで、かわいいですよ」

「五十男をからかった罰として、なぞなぞを解いてもらうか。道路で拾える自動車って、なあんだ？」

「ミニカーですか？」

「違う、違う！　あんまり深く考えないほうがいいな」

「あっ、わかりました。タクシーでしょ？」

「そうだ。遊びはこれくらいにして、本社の連中が来る前に所轄で地取り捜査をしておかないとな」

半沢が言って、自分の席に坐った。少し遅れて奈穂も自席についた。メンバーは打ち揃(そろ)っていた。

半沢が前夜の臨場報告をし、きょうの午後に捜査本部が設置されることも明らかにした。それから係長は、七人の部下たちに指示を与えた。

いつものように最年長の今井は署内に残り、中継役を務(つと)めることになった。元学習塾の先生だった宇野功(うのいさお)と古典落語ファンの森正宗(もりまさむね)がペアを組み、絞殺された里見百合の交友関係を調べることになった。

堀切直紀(ほりきりなおのり)と男で最も若い村尾勇(むらおいさむ)は、新(あら)たな目撃証言を集めることを命じられた。奈穂は草刈刑事と組んで、星加の実家に行くことになった。

捜査本部では通常、本庁と所轄署の捜査員がコンビで聞き込みに当たる。しかし、場合によってはそうしないこともあった。

半沢が指示を与え終えたとき、男性鑑識係が刑事課にやってきた。三十代と聞いている。

「係長、例の模造警察手帳から星加幹則の右手の指紋と掌紋(しょうもん)が出ました」

「やっぱり、そうか。きのうの午後四時過ぎに里見百合の部屋から出てきた男は、星加と考えてもいいだろう」

「ええ。それから、貼付された半沢係長の顔写真にも星加の左手の指紋が付着していました」

「そう。お疲れさまでした」

半沢が相手を犒った。鑑識係の男は目礼し、刑事部屋から出ていった。

その直後、小杉課長が半沢に声をかけた。

「いま、杏林大学の法医学教室から里見百合の司法解剖所見がファクス送信されてきた。やはり、死因は結束バンドによる窒息だったよ」

「死亡推定時刻は？」

「きのうの午後四時から五時四十分の間とされてる。検視官の推定よりも、十分ほど幅があるな」

「そうですね。被害者の体に打撲傷はあったんですか？」

半沢が大声で質問した。

「痣や傷はまったくなかったと報告されてる。胃からも薬物は検出されてない。半沢係長、現場に人の争ったような痕跡はなかったんでしょ？」

「ええ」

「それなら、里見百合は気を許した相手に結束バンドで首を絞められたようだな。被害者は性的な暴行も受けてないそうだから、流しの犯行じゃないでしょう。百合の男性関係を徹底的に洗えば、加害者を割り出せそうな気がするんだが……」

「そうですね」

「本庁の旦那方が出張ってくる前に、犯人の目星がつくといいな」

　小杉課長が口を閉じた。

「それじゃ、みんな、捜査に取りかかってくれ」

　半沢が促した。宇野と森のペアが最初に腰を上げた。次いで、堀切・村尾班が刑事部屋から出ていった。

「先に覆面パトに乗っててくれよ」

　草刈が言って、公用車の鍵をアンダースローで投げた。奈穂は両手でキーを受け、自席を離れた。

　一階に下り、交通課の横を通って裏の駐車場に足を向ける。いつも草刈が使っているオフブラックのスカイラインは隅に駐めてあった。

　奈穂は助手席に乗り込み、キーを鍵穴に挿し込んだ。イグニッションキーは回さなかった。
　五、六分待つと、草刈が車に駆け寄ってきた。
「ごめん、ごめん！　六年前の事件調書を繰って、星加幹則の個人情報を抜き書きしてたんだよ。最初は、川崎市生田の実家に行ってみよう。星加の兄夫婦が母親と同居してるはずだ」

「星加の実兄はサラリーマンなんですか？」

「六年前まで、星加の兄貴は大手商社に勤めてた。しかし、弟が殺人事件を起こした直後に退職して、それからは自分で小さな貿易会社をやってるようだ」

「犯罪事件の被害者の家族も辛い思いをさせられますけど、加害者の身内も世間から白眼視(はくがんし)されがちですから、切ないですよね」

奈穂は言った。

「そうだな。凶悪事件の犯人の肉親の多くは長いこと住んでた土地をこっそりと離れてる。親や兄弟は別に共犯者じゃないんだから、そこまですることはないと思うんだが、やはり隣近所の目を気にしちまうんだろう」

「ええ、そうなんでしょうね。悪いのは犯罪者で、その家族にはなんの責任もないわけですけど、なんとなく卑屈(ひくつ)になってしまうんだと思います」

「欧米と違って、日本は個人と家がワンセットになってるからな。家族の一員が何か事件を起こしたりすると、その家庭環境に何か問題があったと考える人たちが多い。たとえば、親の放任主義が悪かったとか、逆に躾(しつけ)が厳しすぎたのではないかとかさ」

「ええ」

「そんな単純なことじゃないと思うよ。いろんな要因がマイナスに作用して、罪を犯してしまうんだろう」

草刈がエンジンを唸らせ、穏やかに覆面パトカーを走らせはじめた。鎌倉街道を本町田方向に進み、金井入口を右折して鶴川街道に出る。

そのまま世田谷方面に走り、小田急線生田駅の少し手前を左に折れる。坂道の多い閑静な住宅街を抜けると、星加の実家の前に出た。

庭木の多い邸だった。敷地は百五、六十坪はありそうだ。奥まった場所に洋風の二階家が建っている。

二人はスカイラインから降り、星加宅の門扉の前に立った。すぐに草刈がインターフォンを鳴らす。

ややあって、中年女性の声で応答があった。

「どちらさまでしょう？」

「町田署刑事課の者です。星加幹則さんのことで少しうかがいたいことがありましてね」

「主人の弟が、また何か事件を引き起こしたんですか⁉」

「いいえ、ただの聞き込みです。失礼ですが、あなたは？」

「義姉の千枝です。少々、お待ちください。奥に義母がおりますので、わたしが門まで出ます」

「わかりました」

草刈が門柱から少し退がった。奈穂は釣られて半歩後退した。待つほどもなく、ポーチに四十年配の女性が姿を見せた。化粧は薄く、身なりも地味だった。だが、目鼻立ちは整っている。

千枝はアプローチの石畳を急ぎ足で進み、門の向こう側にたたずんだ。草刈が名乗り、奈穂の姓も告げた。

「義弟の幹則が何か事件に巻き込まれたのでしょうか？」

千枝が草刈に声をかけた。

「そのご質問に答える前に教えてください。いま現在、あなたの義弟は実家のどこにもいませんね？」

「はい。半月ほど前に府中刑務所を出た日に義母に一度電話をかけてきましたが、こちらには顔を見せませんでした。義母から後で聞いた話では、しばらく義弟は渋谷駅近くのビジネスホテルに泊まるつもりだと言っていたそうです」

「ホテルの名は？」

「それは言わなかったようです」

「そうですか。六年間の服役中に稼いだ労賃は二十数万円にしかならなかったはずですが、あなたの義理の弟が母親に金を無心した様子は？」

「そういうことはなかったようですよ。それどころか、義弟は当座の生活費はなんとかなりそうだから、自分のことは心配しないでくれと義母に何遍も言ったそうです」

「何遍もですか？」

　奈穂は口を挟んだ。

「ええ、そうらしいんです。義弟は三つ違いの兄とはあまり仲がよくないんですが、母親思いなんですよ。ですので、自分のことで義母に心配かけたくなかったんでしょうね」

「幹則さんの友人や知人に経済的に余裕のある方がいるのでしょうか？」

「不動産会社で働いてたときは高額物件を扱っていましたから、資産家の知り合いもいたでしょうね。ですけど、六年前に大変な事件を起こしましたんで、友人や知人は義弟から遠ざかったと思います。現に義弟は服役中にいろんな方に手紙も出したようですけど、どなたからも返信はなかったと母親に嘆いたことがあるようですから」

「だとしたら、当座の生活費も工面できないんじゃないかしら？」

「文なしになったら、義母に救いを求める気でいるのかもしれません」

「実兄である千枝さんのご主人は、弟さんのことをどんなふうに思っているんでしょうか？」

「夫の秀行は義弟の判決が下ったとき、兄弟の縁を切ると宣言して、後日、そのことを弟に手紙で告げました」

「ドライなんですね、ご主人は。二人だけの兄弟なんでしょ？」

「ええ、そうです。ですけど、夫は実弟の不始末で職場に居づらくなって、小さな会社の経営で四苦八苦させられることになったわけです。腹立たしさはわたしにも理解できます」

「それはそうでしょうけど」

「そんなことよりも、義弟はいったい何をしでかしたんです？」

千枝が草刈に訊いた。

「きのう、町田市つくし野二丁目のマンションで独身の宝石デザイナーが殺害された事件のこと、もう報道で知ってらっしゃいますよね？」

「知ってるも何も、被害者の里見百合はわたしの従妹（いとこ）なんです。わたしの母の末の妹の娘なんですよ、百合は」

「そうだったんですか。それじゃ、星加幹則氏と里見百合さんは遠縁ってことになるわけだな。だから、あなたの義弟は殺害された百合さんの自宅マンションを知ってたんだ」

「夫の弟が事件に関与してるんですか⁉　ちょっと待ってください。義弟とわたしの従妹が顔を合わせたのは、たったの二回ですよ。最初は、わたしたち夫婦の結婚披露宴で、その後は七、八年前にこの家で偶然に会っただけです。二人が個人的に親しくしてたとは思えません」

「しかし、被害者宅から幹則さんらしい男がきのうの午後四時過ぎに出てくるところを隣室の主婦に目撃されてるんですよ。それに、被害者のそばに幹則さんの指紋と掌紋の付着した模造警察手帳が落ちてました」

「えっ、どういうことなんです⁉　意味がよく呑み込めません」

「いま、説明します。あなたの義弟は六年前、わたしの上司に逮捕されたんです。そのことを逆恨みして、彼はわたしの上司に人殺しの罪を被せようとしたかったんでしょう。しかし、その偽装工作はあまりにも拙かった」

「主人の弟が、幹則さんが百合を殺害したというんですか⁉」

「その疑いはゼロではないでしょうね。あなたの義弟は、被害者の弱みをちらつかせて、当座の生活費を脅し取る気になったのかもしれません。しかし、百合さんに相手にされなかった。それで逆上し、白い樹脂製の結束バンドで百合さんを絞殺したのではないだろうか」

「そんなこと……」

「ないとは断言できないでしょう？　ご主人の弟は、現にきのうの午後四時過ぎに百合さんの部屋から出てきたんです。まだ報道されていませんが、司法解剖で百合さんの死亡推定時刻はきのうの午後四時から五時四十分の間とされたんです。疑わしいでしょ？」

「きっと何かの間違いです。いくらお金に困ったとしても、夫の実弟がわたしの従妹を強請（ゆす）るなんてことは考えられません」

「それはそれとして、被害者は美しい独身女性だった」

草刈が歌うように言葉に節（ふし）をつけた。

「それがどうだとおっしゃるんですっ」

「言い寄る男性は大勢いたんじゃないかな。フリーの宝石デザイナーたちが平均でどのくらいの年収を稼いでるのか知りませんが、一般ＯＬの何倍も実入りがいいとは思えないんですよ。住まいだって、ワンルームマンションじゃない。誰か稼ぎのいい彼氏がいたんじゃありませんかね」

「そんなことまでわかりません。従妹といっても、百合とは八つも年齢（とし）が離れていたので、恋愛とか男性関係の話をしたことはありませんでした。それにしても、義弟がもし百合の死に関わってるとしたら、ショックだわ。ああ、頭が変になりそう。これで、失礼させてもらいます」

千枝が身を翻（ひるがえ）し、ポーチに足を向けた。

「渋谷のビジネスホテル、カプセルホテル、ネットカフェを一軒ずつ回ってみるか」

草刈が言って、覆面パトカーの運転席に腰を沈めた。奈穂は急いで助手席に回り込んだ。

3

会議室と呼ばれているが、個室ではない。刑事課の一隅に設けられたコーナーだ。パーティションで囲われていたが、ドアはなかった。

半沢はテーブルに頬杖（ほおづえ）をつき、宇野の報告に耳を傾けていた。宇野のかたわらには、森が坐っている。

夕方だった。すでに六時を過ぎていたが、残照でまだ明るい。

「里見百合の美術大学時代の友人四人に会ってみたんですが、誰も男性関係についてはよく知りませんでした。もともと被害者は、秘密主義っぽいなところがあったらしいんです」

宇野が言った。

「それを裏付けるような話を聞いたのか？」

「ええ。百合は学生時代に妻子持ちの准教授と親密な交際をしてたらしいんですが、周（まわ）りの友人は誰もそのことに気づかなかったというんです」

「不倫のことがわかったのは、なぜだったのかな？」

「ある日、准教授夫人が大学にやってきて、百合を泥棒猫と罵（ののし）ったらしいんです。それで、不倫のことが発覚したというんですよ。准教授は恥ずかしくなったのか、その翌月に大学を辞めてしまったそうです」

「百合のほうは？」

「ちゃんと卒業して、中堅の広告代理店に就職してます。グラフィックデザインの仕事を二年半ほどやってたんですが、そのときも結婚してる上司と深い仲になって、職場に居づらくなったようです」

「その後の職歴は？」

半沢は森に顔を向けた。

「デザイン会社を転々としながら、ジュエリーデザインの勉強をし、二十八歳のときに独立したんです」

「主なクライアントは？」

「そこそこ名のある宝飾店の新作デザインを定期的に手がけ、年に五百万円前後は稼いでたというんですよ。それから、被害者はネットを利用して客の注文に応じて各種装身具のデザインも手がけてたそうです。指輪だけじゃなく、ネックレスやブレスレットのデザインもね。そういう仕事でも年間二、三百万は稼いでたんじゃないかって話でした」

「年収七、八百万円あれば、被害者が2ＬＤＫのマンションに住むことはできそうだな。しかし、そう贅沢はできないだろう」

「でしょうね。親方は、きのう、臨場したんでしょ？　家具や調度品はどうだったんです？」

「どれも値の張りそうな物ばかりだったよ。自分の稼ぎだけでは、あれだけの家具類は買えないだろう」

「リッチな彼氏がいたと考えるべきでしょうね」

森が呟いた。半沢は無言でうなずいた。

そのとき、堀切と村尾が聞き込みから戻ってきた。二人は森の横に並んで腰かけた。

「新たな目撃者は？」

半沢は堀切に問いかけた。

「『つくし野パークパレス』の全入居者に当たって、周辺一帯の家々も訪ねてみたんですが、大きな収穫は得られませんでした」

「そうか」

「ただ一つだけ気になる証言がありました。きのうの午後四時前後に『つくし野パークパレス』の横の脇道に白っぽいクラウンが十分ほど駐めてあったというんです。ナンバープレートに〝わ〟という文字が見えたと言ってたから、レンタカーに間違いないでしょう」

「証言者は、運転者の姿は見てないのか？」

「ええ、目撃していないとのことでした。車種の好みはいろいろですから、断定的なことは言えませんが、クラウンを借りるのは中高年の男性が多いんじゃないかな」

「自分も、そう思います」

村尾が堀切に同調した。

「ま、そうだろうな。それから、そのクラウンを借りた人物はふだん三千ccクラスの車を運転してると考えられる」

「ええ、そうでしょうね」

堀切が応じた。

「そのクラウンの運転者が百合の部屋を訪ねたとしたら、被害者のスポンサーだったのかもしれない」

「その可能性はありますよね。しかし、五〇三号室に入ったかどうかはわからないわけだから、決め手はないということになります」

「そうだな」

「犯行現場に落ちてた親方名義の偽造警察手帳に星加幹則の指紋と掌紋が付着してい

たわけですから、美人宝石デザイナーを殺したのは、やっぱり……」

「星加が犯人だったとしたら、あまりに無防備だとは思わないか？　おれを困らせたかっただけだとしても、自分が警察に怪しまれることは避けたいという心理が働くんじゃないのかな」

「星加はすでに殺人を犯してます。だから、百合を殺ったら、今度は死刑判決が下るとわかってる。しかし、ただ絞首刑にされるのは癪だと思った。それで、六年前に自分に手錠を打った親方を少し困らせてやれと考えて、模造警察手帳をわざと現場に……」

「そうなんだろうか」

「きのう、星加は親方に難癖をつけて、持参したクッキーを床にぶち撒いたでしょ？　あれだけでは腹の虫が収まらなかったんで、星加は百合殺しの犯人は親方だと見せかける気になったんじゃないのかな」

「いや、模造警察手帳のことは、とっさに思いついたんじゃないはずだよ。貼付されてた顔写真は、予め盗み撮りされたものだった。星加が六年前の一件で、このおれを逆恨みしてることは間違いない。伊織以外は知らないことなんだが、実はきのう、こんなことがあったんだよ」

　半沢はそう前置きして、四人の部下に息子が罠に嵌められたことを打ち明けた。

「息子さんのビジネスバッグをＣＣＤカメラを仕込んだショルダーバッグにすり替えたのは、星加にちがいありませんね。奴は百合を絞殺し、新宿駅構内で薫君を待ち伏せしてたんでしょう。おそらく星加は府中刑務所を出てから、息子さんの通勤ルートを調べ上げたんでしょう。父と子の両方を陥れることで、奴は溜飲を下げたかったんだろうな」

宇野が真っ先に言葉を発した。

「そうなのかもしれないが、あまりにも仕返しが子供っぽいじゃないか。どちらの出来事も、じきにおれたち親子が嵌められたことがわかる幼稚な細工だった」

「星加は、それでもいいと考えてたんじゃないのかな。とにかく逆恨みしてる相手とその家族を困惑させて苦しめたかった。奴の狙いは、それだったんでしょう」

「そうだったんだろうか」

半沢は唸って、セブンスターをくわえた。

煙草を半分ほど喫ったとき、草刈と奈穂のペアが出先から戻ってきた。半沢は煙草の火を消し、二人に同僚刑事たちの聞き込みの結果をかいつまんで伝えた。

草刈と奈穂が半沢の左横に腰かけた。

「何か収穫はあったか？」

半沢は草刈に問いかけた。

「ええ、まあ。被害者の里見百合は、星加の兄嫁の千枝の従妹でした」

「そうだったのか」

「千枝の母方の叔母の娘だそうです、百合は」

「星加は、百合とちょくちょく会ってたのか？」

「いいえ。千枝の話ですと、二人は二度ほど会った程度で行き来はしてなかったはずだということでした」

「それなのに、星加は被害者宅に上がり込んだ痕跡がある。いったいどういうことなのかね」

「星加は服役前に里見百合に興味を持って、彼女に接近してたんじゃないのかしら？」

奈穂が言った。半沢は堀切に顔を向けた。

「被害者がいまのマンションに住むようになったのは、フリーになってからなんだろ？」

「ええ、そうです。かれこれ四年前ですね。それ以前は下北沢の１ＤＫのマンション住まいでした。星加は出所後、百合の昔の自宅を訪ねて、管理を任されてる不動産屋から転居先を探り出したんでしょう」

「そうなんだろうな。そこまでして星加が被害者に会いたがった理由は何だと思う？」

「百合が恋しかったんじゃありませんかね。それで星加は被害者宅に押しかけて、胸の熱い想いを打ち明けた。しかし、まったく相手にされなかった。で、星加はつい逆上してしまって……」

「そうだったとしたら、星加は被害者（マルガイ）の体を奪ったんじゃないだろうか。殺害する前か後にね」

「そうか、そうでしょうね。惚（ほ）れた女だったら、抱きたくなるだろうからな」

「しかし、百合は襲われてはいなかった。そのことを考えると、星加には別の訪問目的があったんだろう。それは、金をせびることだったんではないか」

「仮出所後、星加が親族に金を無心した様子はありませんでした。しかし、当座の生活費は必要だったでしょう」

　草刈が言った。

「そうだな。被害者の美貌（びぼう）と暮らしぶりを考えると、スポンサーめいた彼氏がいたとしても不思議ではない」

「親しい男はいたんだと思います。もちろん、相手は家庭のある男なんでしょうね。星加は百合が妻子持ちの男の世話になってることを嗅（か）ぎ取って、生活費をせしめようとしたんじゃないのかな。だが、百合は脅しに屈（くつ）しなかった」

「草刈、いまどき不倫程度のことが恐喝材料になるかね？」

「不倫相手が社会的に知られた名士（セレブ）なら、充分に金品を強請れるでしょう？　著名人や成功者の多くは、病的なほどスキャンダルを恐れてるようですから」

「そういう傾向はあるようだが、脅す相手が反撃してくる恐れもある。そうなったら、元も子もない。星加は百合の何か致命的な弱みを握っていて、まとまった口止め料を脅し取る気でいたとは考えられないだろうか」

「たとえば、どんな弱みでしょう？」

　奈穂が会話に加わった。

「被害者の百合は昔、過失で誰かを死なせてしまったのかもしれない。星加が偶然、その現場を見てしまった。しかし、彼は義姉の従妹に好意を持っていたので、ずっと黙っていた」

「だけど、出所後の生活に不安を感じて、当分は暮らしに困らない程度の口止め料を脅し取る気になった？」

「そうなのかもしれないぞ。百合はいったん脅迫に屈してしまったら、破滅に繋がると考え、虚勢を張って警察に通報する素振りを見せたんじゃないだろうか」

「それで星加はパニックに陥って、発作的に百合を絞殺したのかもしれないとおっしゃるんですね。でも、凶器はタイラップという商品名の樹脂製結束バンドです」

「そうだったな。衝動殺人なら、そんな凶器は使うわけない。結束バンドは犯人が予め用意してあったんだろう」

「そうなんだと思います。星加以外の誰かが被害者を殺害した可能性もあるんじゃないかしら?」

「伊織の言う通りだな」

半沢は言葉を切って、草刈に顔を向けた。

「それで、星加が泊まってるビジネスホテルはわかったのか?」

「伊織巡査と渋谷のビジネスホテル、シティホテル、カプセルホテル、ネットカフェをくまなく検べてみたんですが、宿泊客の中に星加と思われる男はいませんでした。星加は仮出所後は渋谷のビジネスホテルに泊まってると身内に語ったようですが、それは嘘だったんでしょう」

「所持金はそう多くないだろうから、サウナあたりで朝を迎えてるのかもしれないぞ」

「ええ、そうですね。どこを塒(ねぐら)にしてるにしても、星加は都内のどこかにいると思います。身を隠すには、大都会のほうが盲点になるでしょうからね」

「そうだな」

「持ち金がなくなったら、星加は身内に泣きつくだろう」

「実兄とは縁切り状態みたいですよ。母親とは別に仲違(なかたが)いしてないようですね」

草刈が言った。

「それなら、生田にある星加の実家を張り込んでいれば、いつか網に引っかかるだろう。それと並行して、被害者の男性関係をとことん洗う必要があるな」

「そうですね。遺体は浜松の実家に搬送されたんでしょ？」

「課長から、そう聞いてる。百合は美術大学の友人たちにはプライベートなことはほとんど喋らなかったようだが、故郷の幼馴染みなんかには個人的な悩みを打ち明けてたんじゃないのかな。誰かに静岡に出張してもらうことになるかもしれない」

半沢は誰にともなく言って、煙草に火を点けた。

各班が情報を交換しはじめた。

半沢はゆったりと煙草を吹かした。一服し終えたとき、鉄道警察新宿駅分駐所から電話がかかってきた。

「きのう、お目にかかった綿貫巡査部長です。昨夜はお騒がせして申し訳ありませんでした」

「もう少し慎重に取り調べをしたほうがいいと思いますよ。勇み足をする結果になったら、悔み切れないでしょ？」

「肝に銘じます。ところで、息子さんのビジネスバッグをかっぱらって、ＣＣＤカメラ入りのショルダーバッグを構内の手洗いに置き去りにした三十八、九歳の男は、常習の盗撮マニアからＣＣＤカメラごとバッグを一万円で買い取ったことがわかったんですよ」

「詳しく話してください」

「はい。何度も検挙歴のある盗撮マニアは新宿駅周辺で若い女性をこっそり撮ってる大学職員なんですが、駅ビルのエスカレーターで帽子を目深（まぶか）に被（かぶ）った男に盗み撮りの現場を押さえられ、ＣＣＤカメラとショルダーバッグを譲らざるを得なくなったらしいんです。その大学職員、きょうはコンコースで盗撮してたんですよ。それで、捕まえたわけです」

「そうですか。ＣＣＤカメラごとショルダーバッグを一万円で買い取った奴については、どう供述してるんです？」

「細目の男で、刑務所を出たばかりだと凄（すご）んだらしいんですよ。それで大学職員はビビって、ＣＣＤカメラごとショルダーバッグを相手に譲る気になったんだと言ってました。相手の男はショルダーバッグを受け取ると、中央線ホームの階段下に走っていったというんですよ。何か思い当たります？」

「そいつは、倅（せがれ）を待つ気だったんでしょう。息子の勤務先は東京駅の近くにありますんで」

半沢は答えた。

「それじゃ、帽子の男はあなたの息子さんを最初っから陥れる目的で……」

「そうだったんでしょうね」

「息子さんを、半沢薫さんを疑うようなことを言ってしまって、不愉快な思いをさせたと思います。どうかご容赦ください」

　綿貫が謝罪し、先に通話を切り上げた。半沢は刑事用携帯電話の通話終了キーを押し、部下たちに電話の遣り取りを語った。

「ＣＣＤカメラごとショルダーバッグを一万円で強引に買い取ったのは、星加幹則に間違いないでしょ？」

　堀切が相槌を求めてきた。半沢は小さくうなずいた。

　その直後、半沢の私物のスマートフォンが振動した。職務中はたいていマナーモードにしてあった。ディスプレイを見ると、長男の名が表示されている。

「きのうは世話になったね。面と向かって礼を言うのは照れ臭いんで、電話で謝意を表すよ。ありがとう！」

「親子だろうが。他人行儀な礼なんか言うなって」

「父と息子でも、時にはけじめをつけないとね。あのまま盗撮マニアと疑われたらと想像すると、ぞっとするよ。もしも起訴されてたら、おそらく会社は解雇させられてただろうな。それから、つき合ってる彼女だって去ったかもしれない。おれのビジネスバッグが届けられて、父さんが警察官なので、帰宅を許されたんだと思うよ。親父に感謝しないとね。迷惑もかけちゃったよな？」

「迷惑をかけたのは、こっちのほうさ」

「えっ、どういうこと!?」

「薫を盗撮マニアに仕立てようとしたのは、父さんが六年前に逮捕した強盗殺人犯かもしれないんだ」

「えっ、そうなのか」

「確証はないんだが、そう疑える点があるんだ。おまえまでとばっちりを受けることになって、ごめんな。勘弁してくれ」

「水臭いことを言うなよ。親子じゃないか。きのうの酒盛り、愉しかったよ。照れ臭いんでハイピッチで飲んだから、ちょっと二日酔いだけどね。機会があったら、また酒を酌み交わそうよ」

「そうだな。スペアキーは、ちゃんとドア・ポストに投げ込んでおいた。時々、母さんに顔を見せてやってくれ」

「わかったよ」

「じゃ、切るぞ」

半沢はスマートフォンを耳から離した。仄々とした気持ちになっていた。

4

外は雨だった。

雷鳴も轟いている。奈穂は合同捜査会議に出ていた。末席だった。

美人宝石デザイナーが殺されたのは一昨日である。

署内の最上階にある大会議室だ。隣は捜査本部である。午後三時過ぎだった。

半沢係長がホワイトボードを使いながら、初動捜査で得たことを本庁捜査一課の刑事たちに説明している。総勢三十五人の捜査員たちは窓側に固まっていた。所轄署員は廊下側に坐っている。

ホワイトボードの横のテーブルには、捜査一課の須貝民男管理官、志賀太警部、小杉刑事課長の三人が並んでいる。

捜査本部の実質的な指揮官は、本庁の須貝管理官である。まだ四十代だが、どことなく威圧感があった。そのせいか、小杉課長はおどおどしているように映った。

本庁の捜査一課は花形セクションだが、別に卑屈になることはないだろう。

奈穂はそう考えながら、小杉課長の顔を見つめた。数秒後、まともに視線が合ってしまった。奈穂は少しうろたえ、目を伏せた。

「半沢警部補、ご苦労さん！　現在のところ、不審な人物は被害者の遠縁に当たる星加幹則、それからレンタカーのクラウンを運転していた性別不明の運転者だけなんだね？」

「そういうことになります」

須貝警視が確かめた。

「殺された里見百合がどんなに秘密主義者だったとしても、所轄の地取り捜査で男性関係がすぐにわかりそうだがな」

「お言葉を返すようですが、われわれは聞き込みに手を抜いたりしていません。被害者（マルガイ）に親密な男がいたとしたら、多分、いつも外で密会してたのでしょう。彼氏が百合の自宅マンションに通っていたのなら、当然、入居者たちに見られてたでしょうから」

「そうだろうね。被害者は日本橋の三好（みよし）宝飾店の仕事を多く手がけてたという報告だったが、そこの社長の愛人だった可能性はないのか？」

「三好宝飾店の社長は七十歳過ぎの女性で、専務は社長の長女です」

「そういうことなら、クライアント関係者に囲われていたわけじゃなさそうだな」

「ええ」

「被害者の預貯金はチェック済みだね？」

「はい。預貯金の総額は、およそ三千万円でした」

「ほう、そんなに貯め込んでたか。多分、スポンサーめいた男がいたな。被害者に犯歴は？」

「まったくありませんでした」

「そうか。百合はネットでも各種装身具のオリジナルデザインを手がけてたという話だったが、客たちとダイレクトに商品の受け渡しをしたことは？」

「そういうことは一度もなかったようです。商品の発送は宅配業者に委ねてますし、代金も銀行振込の形を取っていましたんでね」

「そうか」

「警視、ちょっとよろしいでしょうか」

志賀が須貝に発言の許可を求めた。須貝が大きくうなずき、腕を組んだ。

「半沢係長、事件現場にあなた名義の模造警察手帳が落としてあったらしいね。そして、その手帳には星加の指紋と掌紋が付着してたとか？」

「その通りです」

「えーと、それから事件当日の午後四時過ぎに被害者の部屋から星加に似た男が出てくるところを目撃した入居者がいたんでしたよね」

「ええ」

「だったら、星加は重要参考人でしょ?」

「重参扱いするだけの物証が揃ってないんですよ」

「状況証拠はあるでしょうが。一日も早く星加の身柄(ガラ)を押さえるべきだと思うがな」

「しかし……」

「なんです?」

「功を急いで、誤認逮捕なんてことになったら、警察全体のイメージダウンになってしまいます」

半沢が言った。

「星加は強盗殺人罪で六年も服役してた男なんだ。捜査の動きには敏感なはずだから、もたついてたら、高飛びされるんじゃないのか。え?」

「そうだとしても、状況証拠だけでは無理はできません。前科者にも、人権があるわけですからね」

「例によって、浪花節(なにわぶし)ですか。とにかく、星加をまずマークすべきだな。そのことに別段、異論はないでしょ?」

「ええ、それはね」

「それでは星加の実家を張り込んで、奴の塒(ねぐら)を洗い出しましょう」

「それは結構なんですが、わたしの部下の誰かに百合の郷里に出張させて、被害者(マルガイ)の交友関係を洗わせたいんですよ」

「それに反対する理由はありませんから、お好きなように。張り込みの助っ人要員として、草刈、宇野、堀切の三氏をお借りしよう」

「助っ人要員ですか」

「傷つけちゃったかな。確かに事件は町田署の管内で発生したわけですが、捜査本部が設置されたら、われわれ本庁の人間が主導権を……」

「合同捜査なんです。本庁も所轄も現場捜査では同格でしょ？　さっきの助っ人要員という言葉は撤回してほしいな」

「あんた、何様のつもりなんだっ」

志賀警部の表情が険しくなった。

「そちらこそ、少し思い上がってるんじゃないのかな。本社も支社もない。われわれは、警察という名の同じ会社の人間なんだ」

「おたく、いつ職階がわたしと同じになったの？」

「まだ警部補ですよ、わたしは」

「階級が下なら、口幅ったいことを言うんじゃない！」

「確かに位はこっちが下ですが、理不尽な目に遭ったら、言いたいことを言わせてもらいます」

「なんだと⁉」

「志賀さん、勘弁してやってくださいよ」

小杉課長がなだめた。

「しかし、このままじゃ……」

「半沢係長は職人気質だから、人一倍、プライドに拘(こだわ)るんですよ。口は悪いですが、心根(こころね)は優しいんです」

「それはそれとして、桜田門に喧嘩を売るような物言(ものい)いは聞き捨てにはできませんからね」

「おい、いい加減にしろ」

須貝警視が顔をしかめて、かたわらの志賀を窘(たしな)めた。

志賀は一瞬、意外そうな顔つきになった。まさか須貝に叱(しか)られるとは思っていなかったのだろう。何か言いたげだったが、結局、言葉は発しなかった。

志賀警部のような男性は、どうしても好きになれない。半沢係長の部下でよかった。

奈穂は、しみじみと思った。

それから間もなく、捜査会議が終わった。張り込みに駆り出される草刈、宇野、堀切の三人が会議室に残り、半沢、今井、森、村尾、奈穂は二階の刑事課に戻った。

奈穂は自席につく前に率先(そっせん)して先輩刑事たちの茶やコーヒーを淹(い)れた。半沢は濃い緑茶が好きだった。刑事実習を受けたとき、それぞれの好みはマスターしていた。コーヒーしか飲まない同僚もいる。

　奈穂は最後に席に坐り、アメリカンコーヒーを啜った。

「渋さ加減が絶妙だね。おっちゃんは、お茶が好きだからな」

　半沢が言った。

「あっ、ごめんなさい。駄酒落に気づくのが遅れてしまいました」

「いいの、いいの。以前に使ったことのある駄酒落だったから」

「そうでしたっけ？」

「余談はさておき、明日、森と一緒に浜松に行ってくれないか」

「里見百合の郷里で、彼女の交友関係を洗い直してみるんですね？」

「そうだ。子供のころから気心の知れてる者には、きっと被害者はプライベートな悩みなんかも打ち明けていたにちがいない」

「そうかもしれませんね」

「ちょっときついだろうが、日帰り出張で頼むよ。捜査本部の経費は、すべて所轄署が負担しなければならないんでな。捜査費はなるべく切り詰めたいんだ」

「浜松まで在来線で行ったほうがいいんでしょうか？」

「そこまでする必要はないさ。森と新横浜駅で待ち合わせて、新幹線に乗ってくれ。

朝七時台の〝こだま〟に乗れば、たっぷり聞き込みの時間は取れるだろう」

「ええ、そうですね」

「森と待ち合わせの時間を決めたら、きょうはもう帰ってもいいよ」

「こんなに早くですか？」

「ああ。ここに居残ってても、急ぎの職務があるわけじゃないからな」

「それじゃ、そうさせてもらいます」

奈穂は森刑事と明朝七時に新横浜駅の新幹線乗り場の前で落ち合う約束をして、職場を後にした。雨勢は幾分、弱まっていた。

帰宅する前に、十日ぶりに高坂茉利さんの顔を見に行く気になった。

奈穂は署の近くでバスに乗り、町田駅に向かった。

三鷹市内の神経科クリニックに入院中の茉利は、中学時代の恩人だった。奈穂は子供のころから、きわめて個性が強かった。他人と同じことをすることに抵抗があった。たとえば、幼稚園児のころも制服に勝手にワッペンを飾り、色違いの靴を履いたりしていた。ことさら目立ちたいということではなく、なんらかの自己表現をしたかったのだ。

幼稚園児のころから浮いた存在だった奈穂は小学校に入ると、いじめの恰好の標的にされた。

意味もなく突き飛ばされたり、足払いをかけられた。髪型や服装が目立つから、気に入らないというわけだ。上履きやランドセルを級友たちに隠されるのは、それこそ日常茶飯事だった。

リボンや頭髪を工作用の鋏で、いきなり切断されたこともある。給食のパンやおかずに砂や粘土をまぶされたこともあった。野菜スープに画鋲も入れられた。

そうした陰湿な意地悪をされても、奈穂は絶対に泣かなかった。涙を見せたら、自分の負けだと思ったからだ。

負けん気の強さがクラスメイトの神経を逆撫でしたようで、いじめは一段とエスカレートした。それでも、奈穂は決して怯まなかった。堂々と教室に顔を出し、平然と授業を受けつづけた。

中学生になっても、奈穂は同級生に疎まれた。調子よく話を合わせたり、安易に他者と折り合うことを嫌ったせいだろう。

いつも奈穂は教室で孤立していた。

休み時間は、たいていウォークマンでポップスを聴いていた。その日の気分によって、文庫本やコミックを読むこともあった。

自分から級友に突っかかったことは、ただの一度もない。それにもかかわらず、性質の悪い厭がらせは連日のように繰り返された。

我慢にも限界がある。奈穂は、ごくたまに怒りを爆発させた。全身を震わせ、喚き散らした。

クラスメイトは面白がって、さらに奈穂を茶化した。クラス担任は見て見ぬ振りをして、注意さえしなかった。

中学二年生の秋のことだった。ある日の昼休み、奈穂はクラスの男子生徒に頭からバケツの水をもろにぶっかけられた。昼食を摂っている最中だった。不意の出来事で、避けようがなかった。

さすがに悔し涙で視界がぼやけた。惨めで、居たたまれなかった。

席を立ちかけたとき、隣のクラスで疎外されている少女が駆け込んできた。それが高坂茉利だった。

茉利はバケツを持った男子生徒に走り寄るなり、相手の喉元に彫刻刀の切っ先を突きつけた。男子生徒は目を剝き、怯えはじめた。

茉利は鬼気迫る形相で相手を詰り、膝頭で急所を蹴り上げた。

男子生徒は股間を押さえながら、その場にうずくまった。いかにも痛そうだった。

次の日から、いじめはぴたりと熄んだ。同級生は、茉利の迫力に気圧されてしまったのだろう。そんなことがあって、奈穂は急速に茉利と親しくなった。

茉利は家庭環境が複雑で、非行を重ねていた。

といっても、非行グループのメンバーではなかった。いつも放課後、独り(ひと)で立川周辺で遊んでいた。生まれつき髪が茶色がかって、大柄だった。それだから、高校生に見られることが多かった。

その茉利が行方不明になったのは、中学三年生の夏休みだった。何か犯罪に巻き込まれた可能性があったが、その安否(あんぴ)はわからなかった。

奈穂にとっては、いわば恩人である。自分なりに茉利の行方を懸命に追ってみた。しかし、捜査のノウハウも知らない素人には手がかりさえ摑めなかった。

このままでは、いつまでも借りを返すことができない。何があったにせよ、恩人を見殺しにすることはできなかった。

子供じみた発想だが、奈穂は女刑事になることを切望するようになった。

それを実現させれば、なんとか失踪(しっそう)中の茉利を捜し出せるような気がしたのだ。といっても、すんなりと決断したわけではなかった。

奈穂は、ひとりっ子である。短大を卒業したら、洋菓子専門学校に一年間通うことになっていた。

その後は父の同業者のケーキショップで何年か修業し、家業を継(つ)ぐ予定だった。父の利晴(としはる)も母の美和(みわ)も、それを望んでいた。

奈穂は悩み抜いた末、両親に進路を変えたいと告げた。父母は落胆した様子だった。

娘が警察官をめざしていると知って、さらに両親は驚いた。

当然のことながら、父母は進路変更の最大の理由を知りたがった。

奈穂は、予め敷かれた人生のレールに乗ることにためらいを感じたからとしか言わなかった。自分が〝いじめられっ子〟だったことを告げたら、両親が切なくなるだろうと考えたからだ。

父母は寂しげな表情を見せたが、娘の進路変更には反対しなかった。昔から両親は、ひとり娘の意思を尊重してくれていた。

そんな経緯があって、奈穂は刑事になった。警察学校を卒業した日に府中市朝日町の寮を引き払って、国立の実家に戻った。

奈穂は府中署生活安全課勤務を経て、この七月に刑事実習を受けた町田署刑事課に転属になった。

異動直後に発生した殺人事件の捜査に携わっていると、昔の少女監禁事件が浮上してきた。

なんと消息不明の茉利は七年前に売れない洋画家に誘拐され、犯人の自宅地下室に軟禁されていたのである。営利誘拐でも、わいせつ目的の犯罪でもなかった。

犯人の男は若いころに自分の娘を亡くしたことが引き金になって、家族愛に飢えている茉利の親代わりになる気になったのだ。七年も幽閉されていた茉利は、精神のバランスを崩していた。保護されて以来、神経科クリニックに入院中だ。

バスが町田バスセンターに到着した。

奈穂は横浜線で八王子に出て、中央線に乗り換えた。三鷹駅で下車し、見舞いの花とフルーツゼリーを買い求めた。タクシーで、目的の神経科クリニックに向かう。

ワンメーターの距離だった。奈穂はナースステーションで面会人名簿に署名してから、二階の病室に急いだ。

「わたしよ。入るわね」

奈穂は廊下で声をかけ、白い引き戸を払った。パジャマ姿の茉利は窓辺にたたずみ、景色を眺めていた。

「何を見てるの？」

「雲よ。雲って、少しずつ流れてるのね。えーと、あなたは伊織奈穂さんだったたっけ？」

「ええ、そう。国立二中で、わたしたち同学年だったの。それでね、高坂さんはクラスメイトにいじめられてるわたしを庇（かば）ってくれたのよ。わたし、あなたに世話になったの」

「そう。でも、あなたのこと、まだよく思い出せないの。ごめんね」

「いいのよ、焦（あせ）らないで」

「でもね、あなたの声には聞き覚えがあるわ。だから、そのうちきっと……」

「ええ、思い出すわよ」

「きのうね、長野の諏訪から、わたしの母親だという女の人がまた訪ねてきたんだけど、どうしても話を鵜呑みにできなかったの」

「どうして？」

奈穂は茉利の横に立った。

「だってね、母はわたしの弟といっつも一緒だったの。父親は違うんだけど、わたしもかわいがってた弟なのよ」

「前にも言ったけど、その弟さんは交通事故で亡くなってしまったの。だからね、お母さんは弟さんと一緒には見舞いに来られないのよ」

「わたしの弟がもう死んでるって⁉」

「ええ、そうよ」

「なんでそんな嘘をつくのっ」

茉利が向き直って、奈穂の肩を揺さぶった。

「あなたの心の中で、いまも弟さんは生きてるのね」

「だって、弟は死んでなんかないもの。きっと母さんがいじわるしてるんだわ。母さんは二番目の夫としょっちゅう喧嘩してたけど、弟を猫っかわいがりしてたから。わたしに弟を取られたくないのよ」

「そうかもしれないね。フルーツゼリーを買ってきたの。一緒に食べよう?」

「うん、ありがとう」

茉利が前に向き直り、ふたたび雲を目で追いはじめた。

恩人が退院できるまで、もう少し時間がかかりそうだ。奈穂は花を病室に飾ってから、フルーツゼリーの包装箱を開けた。

第二章　謎だらけの私生活

1

街は暮色の底に沈みかけていた。

中央区日本橋本町だ。半沢は部下の村尾勇を伴って、老舗デパート『三越』の裏通りを歩いていた。

「三好宝飾店は、あそこです」

村尾が数十メートル先の袖看板を指さした。

七階建てのビルだった。間口は、それほど広くなかった。

半沢たち二人は足を速め、目的の宝飾店に入った。三階まで店舗になっているようだ。ショーケースには、高価そうな指輪や首飾りが並んでいる。

客の姿は見当たらない。すぐに四十代前後のテーラードスーツをまとった女性が近寄ってきた。ただの店員ではなさそうだ。

「いらっしゃいませ」

「客ではないんですよ」

半沢は言って、警察手帳を相手に呈示した。

「一昨日の事件のことで……」

「ええ、そうです」

「申し遅れましたが、わたし、専務の三好玲子です。里見百合さんのデザインはとても個性的でしたので、お客さまには好評だったんですよ。ですんで、とても残念でね」

「殺害された里見さんは、四年ほど前から三好宝飾店さんの商品のデザインを手がけられてたんでしょう？」

「そうです」

「どういうきっかけで、里見さんに宝石のデザインを依頼されるようになったんですか？」

「そのあたりのことは、よく知らないんですよ。七階に母、いいえ、社長の三好逸子がおりますから、直接、お訊きいただけますか。ご案内します」

玲子がエレベーターホールに足を向けた。半沢たちは専務と一緒に函に乗り込んだ。

七階には社長室があった。玲子が先に社長室に入り、母親に取り次いでくれた。待つほどもなく専務は社長室から出てきた。

「どうぞお入りください」

「はい。お世話をかけました」

　半沢は玲子に言って、部下を目顔（めがお）で促（うなが）した。

　二人は社長室に入った。二十畳ほどの広さだった。

　焦茶（こげちゃ）の総革（そうかわ）張りの応接ソファに白髪の上品な女性が腰かけ、外国のデザイン雑誌の頁（ページ）を繰（く）っていた。社長の三好逸子だった。七十三、四歳だろうか。

　半沢たちは名乗って、長椅子（いす）に並んで坐った。

「一昨日（おととい）の夜のテレビニュースを観（み）て、腰を抜かしそうになったわ。百合さんが絞殺されたなんて、いまも信じられません」

　女社長が言った。

「そうでしょうね。早速ですが、被害者がこちらの仕事をするようになったきっかけはなんだったんでしょう？」

「この近くで広告会社を経営されてる藤巻悟（ふじまきさとる）という方のご紹介だったのよ。斬新（ざんしん）なセンスの宝石デザイナーがいるから、一度、使ってやってくれないかと頼まれたの」

「その藤巻さんは、おいくつぐらいの方なんです？」

「五十五か、六よ。ロマンスグレイで、なかなかハンサムな男性なの。わたしが二十歳若かったら、藤巻さんに夢中になってたかもね」

「藤巻氏と里見さんは、どういう間柄だったのでしょう？」

「共通の知人のグラフィックデザイナーに何かのパーティー会場で紹介されたと言ってたわね、藤巻さんは」

「単なる知り合いだったんでしょうかね？」

「わたしの目には、そう見えたわ。でも、男と女のことはわからないわよね。よそよそしく振る舞ってる男女が実は恋仲だったなんてケースもあるので」

「ええ、そうですね。里見さんは、そのへんの女優が裸足で逃げ出したくなるような美人でした。当然、言い寄る男は多かったと思いますよ」

「そうでしょうね。でも、わたしは彼女に男の影はまったく感じなかったわ」

「里見さんの口から、星加幹則という名を聞かれたことはありませんか？」

村尾が問いかけた。

「ないわ、一度も」

「そうですか。もう一つ確認しておきたいのですが、被害者はおたくから年間五百万円ほどのデザイン料を貰ってたようですね？」

「ええ。百合さんはネットで装身具のオリジナルデザインも請け負ってたから、そちらの収入もあったはずよ」

「こちらの調べだと、そっちでは数百万程度稼いでたようです。併せて七、八百万円の年収があったようなので、家賃十五万も払えたんでしょう。しかし、年収の割には預貯金が多すぎる気もするんですよ」

「預貯金はどのくらいあったの？」

　女社長が露骨に関心を示した。

「わかってるだけで、約三千万円です」

「そうなの。確かに少し多いわね。フリーになる前は広告代理店やデザイン会社でお給料を貰ってたわけだから、そのころはそれほど貯蓄はできなかったと思うの」

「そうでしょうね。フリーになって年に七、八百万稼げるようになって四年かそこらですから、三千万円近く貯めることは難しいんじゃないのかな。わたしなんか、百万も貯金はありません」

「お酒と女性が好きなんでしょ？」

「よく飲んでますけど、いつも居酒屋やスナックの類で、ホステスさんがいるような酒場には年に四、五回しか行ってません。もともと俸給が安いから、とても金なんか残りませんよ」

「若いうちは誰も同じさ」

　半沢は部下の余談を遮った。村尾が空気を読んで、すぐに口を結んだ。

「生活しながら、四年で約三千万円を貯めるのは簡単じゃないわよね。百合さんには、誰か世話をしてくれる男性がいたのかもしれないわ」

「被害者宅の家具や調度品は、値の張りそうな物ばかりでした。服装や装身具はどうだったんでしょう?」

半沢は女社長に顔を向けた。

「ファッションやアクセサリーには、割にお金をかけてたようね。職業柄、安物は身につけられないでしょ?　バッグなんかも百万円以上するブランド物だったわ」

「そういうお話をうかがうと、里見さんに金持ちの彼氏がいたんでしょう」

「多分ね」

「さっき話題に上がった藤巻さんにもお目にかかりたいと思っているのですが、オフィスのある場所を教えていただけます?」

「藤巻さんが百合さんの彼氏かもしれないと思ってるみたいね」

「その方なら、里見さんの男性関係を知っているかもしれないと考えたんです」

「そうなの。藤巻さんの事務所は、この前の通りを左に七、八十メートル行った所にあるわ。明和ビルという雑居ビルの六階よ。会社名は『オフィスF』だったと思うわ」

「ご協力に感謝します」

「藤巻さんのこと、わたしが教えたって言わないでほしいの」

逸子が言った。

ないのよ」

「近所のコーヒーショップで彼とよく顔を合わせるから、お喋(しゃべ)り婆さんと思われたく

「わかりました」

「どうもお邪魔しました」

半沢は、のっそりと立ち上がった。すぐに村尾も腰を浮かせた。

二人はエレベーターで一階に降り、三好宝飾店を出た。女社長に教えられた場所に向かった。造作なく藤巻のオフィスは見つかった。半沢たちは雑居ビルの六階に上がり、『オフィスF』を訪ねた。

応対に現われたのは若い女性社員だった。

半沢は刑事であることを明かし、来意を告げた。相手はにこやかに応じ、奥の社長室に向かった。デザイナーと思われる七、八人の男女がそれぞれ自分の仕事に専念していた。

数分後、半沢たちは社長室に通された。俳優のような顔立ちの藤巻は机に向かって、デザイン画に彩色中だった。

「どうぞお掛けになってください。切りのいいところで手を休めますんで」

「お仕事中に申し訳ありません」

半沢は自己紹介し、村尾とともにモダンなデザインのソファに腰を沈めた。パイプ

が多用され、シートと背凭れは革のメッシュになっていた。

「里見百合さんの事件の聞き込みでしょ？」

藤巻がデスクから離れ、半沢の前に坐った。

「ええ、そうです」

「わたしのことはどなたから？」

「被害者の知り合いから教えてもらったんです。藤巻さんは、彼女に三好宝飾店を紹介されたそうですね？」

「はい。四年ほど前に親しくしてたアート・ディレクターに里見さんを紹介されたんですよ。その当時、彼女はフリーになったばかりで、あまり仕事がなかったんです。それで、三好宝飾店の社長に引き合わせてあげたわけです。里見さんのデザインセンスには光るものがありましたんで」

「ずいぶんご親切なんですね」

「美しいジュエリーデザイナーに恩を売っといて損はないと思ったんです。ストレートに言えば、下心があったわけですよ」

「里見さんを口説いたんですね？」

「その前に、彼女に温泉に連れてってくれとせがまれました。ビジネスになりそうなクライアントを紹介してあげたので、その返礼をしたいってことだったんでしょうね」

「泊まりがけで温泉地に行ったんですか？」

「ええ、一泊二日で奥湯河原にね。しかし、失望してしまいました。彼女は身を任せてくれたんですが、まるで人形のように味気なかったんですよ。メンタルな触れ合いがあったわけじゃないから、ま、仕方ないんでしょうけどね。自分が浅ましい男に思えて、なんとも後味が悪かったな」

「里見さんとはそれっきりだったんですか？」

「ええ。こちらからは電話もしませんでしたし、向こうからも連絡はありませんでしたね」

「そうですか」

「彼女はビジネスのためには女の武器を使うことも厭わないけど、魂までは売らないと考えてるようでした」

「誰か好きな男がいたんでしょうか」

「そうなのかもしれませんね」

「共通の知り合いだったというアート・ディレクターのことを少し教えてください」

「その男は陶山譲司という名ですが、三年前に交通事故死してしまいました。酔っ払って湾岸道路をポルシェで逆走してね。仕事に行き詰まっていたので、自殺したんじゃないかって噂もありましたけど」

「その方と里見さんが親密な関係だったとは考えられませんか？」

「それはないでしょう。陶山はわたしよりも五つ若かったんですが、愛妻家でしたからね。独身時代はともかく、結婚してからは浮気一つしてなかったと思うな」

「そうですか。里見さんにスポンサーめいた男性がいたかもしれないんですよ。思い当たるような方は？」

半沢は訊いた。

「わからないな。なにしろ、彼女とは温泉に一度行っただけの関係でしたからね。ただ、百合さんは男を利用してでものし上がりたいという野心はあったようですから、つき合いのあった異性の中には袖にされた奴もいたのかもしれないな」

「里見さんと親しくしてた女友達がいたら、教えてください」

「そういう友人はいなかったんじゃないのかな。彼女、同性にはなんとなく妬まれてるようでしたし、自分も女性は信用できないと考えてたみたいですよ」

「あなたの言う通りだとしたら、被害者はずいぶん不幸な女性だったんじゃないだろうか」

「そうなのかもしれませんね」

藤巻が言って、わざとらしく腕時計に目をやった。

半沢は村尾に目配せして、先に立ち上がった。村尾が半沢に倣う。

二人は『オフィスＦ』を辞去し、明和ビルを出た。路上で、村尾が口を開いた。

「藤巻が被害者の彼氏かもしれないと思ってましたけど、どうも違うようですね」

「そうだな。村尾は、もう家に帰ってもいいよ」

「親方は、藤巻の動きを探ってみる気になったんですね？」

「そうじゃないよ。日本橋に来たのは久しぶりなんで、ちょっとぶらぶら歩いてみたいんだ。なんだったら、人形町名物の『玉ひで』の親子丼を奢ってやろう」

「その店は、東京軍鶏を使った鳥料理の専門店ですよね。テレビの食べ歩き番組で紹介されてました」

「そうか。確か創業は一七六〇年代だったと思うよ」

「自分、鳥肉は苦手なんです」

「そうだったか。それなら、『玉ひで』の並びにある『小春軒』のフライの盛り合わせを喰わせてやるか。『どみぐら亭』のハヤシライスでもいいよ」

「せっかくですが、きょうは先に失礼します」

「デートをするような娘ができたのか？」

「そうならいいんですが、洗濯物が溜まりに溜まってるんですよ。アパートに帰って、洗濯をしたいんです」

「そういうことなら、引き留めないよ。また明日な！」

半沢は部下と別れ、江戸橋方面に歩きだした。

地下鉄人形町駅の少し手前で右に曲がり、『魚久』まで歩く。京粕漬けの専門店だ。半沢は鮭、鱒、銀鱈の切り身を四切れずつ買い求めた。魚の粕漬けは好物だった。

表通りに出て、『重盛永信堂』で妻の寛子のために人形焼きを買う。皮は薄く、あんこがたっぷりと詰まっている。こしあんとつぶしあんを十個ずつ求めた。

地下鉄と小田急線を乗り継いで、喜多見の自宅に帰りついた。

居間を覗くと、妻と半沢の実母のトヨが談笑していた。八十一歳の母は健康そのものので、足腰もそれほど衰えていない。

「おふくろ、どうしたんだい？」

半沢は問いかけた。

「今朝、寛子さんから電話があってね、薫が誰かの罠に嵌まって盗撮魔とかって変態に見られたって話を聞いたのよ。こりゃ大変だと思って、鴨川から出てきたわけなのよ」

「もう薫の疑いは消えたんだ」

「そうだってね。よかった、よかった。それにしても、誰がわたしのかわいい孫に濡衣なんか着せようとしたんだろう？　一、なんか思い当たらない？」

母が訊いた。半沢はリビングソファに坐って、六年前に逮捕した強盗殺人犯に逆恨みされているかもしれないことを手短に語った。

「自分の罪を棚に上げて、刑事を恨むなんて筋が違う。そいつは性根が腐ってるね。一、その男を早く取っ捕まえて、また刑務所に送り込んでやりなさい」

「そいつの犯罪が立件されなければ、そうはできないよ」

「大事な息子が理不尽な思いをさせられたんだから、何がなんでも捕まえてやりなっ。体を張ってでも家族を護り抜けなきゃ、一家の主とは呼べないよ。一日も早く怪しい奴が薫に罠を仕掛けたという証拠を摑んで、取っ捕まえてやりなさい。それでこそ、薫の父親だよ。そういうカッコいいところを見せれば、二人の倅もおまえを尊敬するだろうし、寛子さんだって、一に惚れ直し、もうひとり子供を産みたくなるかもしれない」

「おふくろ、寛子はもう五十だよ。子供なんか産めるわけないじゃないか」

「相変わらず、生真面目だね。もちろん、子供のことは冗談だよ。物の譬えじゃないか」

「そうだったのか。おれは、おふくろも呆けはじめたのかと……」

「まだまだ頭も口も達者だよ。連日、友達とカラオケを愉しんでるし、脳力アップのドリルにもチャレンジしてる。脳年齢は、おまえより若いかもしれないね」

「それは、いくらなんでも自信過剰だろう？」

「そうかね。兄ちゃん夫婦に留守をしっかり頼んできたから、何日かここに泊めてもらうよ」

「好きなだけいればいいさ」

「お義母さん、そうしてください」

妻が言った。

「寛子さんは、いい嫁だ。鴨川から、もう少し干物を持ってくるんだったわ」

「あんなにたくさんいただいちゃって、恐縮してます」

「いいの、いいの。早く望の顔も見たいと思ってるんだけど、帰りが遅いね」

「きょうはアルバイトがある日なんですよ。新百合ヶ丘のピザ屋で、配達の仕事をしてるんです」

「それは偉いね。若いうちは少し苦労したほうがいいのよ。そうしないと、望は映画監督として大成しないからね」

「お義母さん、望は映画じゃなくて、テレビのCFや音楽のプロモーションビデオを撮りたがってるんですよ」

「よくわからないけど、第二の黒澤明をめざしてるんでしょ？　夢が大きくて頼もしいじゃないの」

「望にクリエイティブな才能があるかどうかわかりませんけど、本人は勤め人にはなりたくないと言ってますので」

「夢はでっかいほうがいいのよ。望がいつまでも喰えないようだったら、わたしの初恋の相手が外房一の網元になってるから、そこに預けて海の男にしてもらう」

「それも、悪くないわね」

「あんたは、ほんとにいい嫁さんだ。一にゃ、もったいないくらいだよ」

母が上機嫌で言って、妻の肩を抱いた。

「日本橋まで出かけたついでに、『重盛永信堂』の人形焼きを買ってきたんだ。みんなで食べよう。それから、『魚久』で京粕漬けも買ってきた」

半沢は言って、手提げ袋をコーヒーテーブルの上に置いた。寛子がすぐに人形焼きの包みを解く。

「いくつになっても、おまえは気が利かないね。お江戸日本橋まで出向いたら、『長門』の竹皮にくるまれた切り羊かんと『寿堂』の銘菓の黄金芋も一緒に土産に買ってこなくちゃ。鴨川育ちは、これだからね」

「自分だって、房州女じゃないか」

半沢は笑顔で母親に悪態をつき、上着のポケットから煙草と使い捨てライターを摑み出した。

2

弔問客が沿道に並びはじめた。

間もなく出棺なのだろう。里見百合の実家である。浜松市の郊外にあった。敷地は広く、家屋も大きい。

奈穂はレンタカーのフロントガラス越しに里見宅を注視していた。

車は白いカローラだった。運転席の森刑事はメビウスを喫っていた。

二人は告別式が開かれる前に、喪主である故人の父親に会った。しかし、百合の父は娘の東京での暮らしをほとんど知らなかった。百合の母は五年前に病死している。故人の兄一家が父親と同居していた。百合の兄夫婦からも、何も手がかりは得られなかった。

「人の命って、儚いな。里見百合は、まだ三十二歳だったんだぜ」

森が言った。

「若死にですよね」

「人間、いつどうなるかわからない。誰もが平均寿命まで生きられるわけじゃないから、一日一日を大切にしないとな」

「ええ、そうですね」

「人間、生きてるうちが華だよ。死んだら、何もかも終わりだ。だから、悔いの残らない生き方をしないとな。仕事も私生活もさ」

「その後、戸浦亜美さんとはどうなりました？」

奈穂は問いかけた。亜美は二十六歳のＯＬで、森刑事の幼馴染みだ。二カ月前、彼女は悪辣な高利貸しを毒殺した疑いで捜査当局にマークされていた。

森は亜美の無実を信じ、彼女を逃亡させようとした。そのことで、彼は立場が悪くなった。それでも、幼馴染みを庇いつづけた。

やがて、亜美の嫌疑は晴れた。殺人犯は、まったく別の人物だった。森は喜んだ。しかし、新たな悩みが生まれた。少年時代から亜美に想いを寄せていた森は、辛い現実を知ってしまった。

意中の女性は、一年以上も前から妻子持ちの男性と不倫関係にあった。事件解決後、亜美は不倫相手と別れた。だが、すぐには失恋の痛手は消えなかったようだ。

「実は数日前、おれ、亜美にプロポーズしたんだよ」

「そうだったんですか。それで、彼女の反応は？」

「時間がほしいと言われたよ。一年ぐらい経ったら、ちゃんとした返事をすると
……」

「そうですか。まだ心の整理をつけられないんでしょうね」

「ああ、多分な。別れた彼氏に本気で惚れてたんだろう」

森が哀しげに笑って、短くなった煙草を灰皿の中に突っ込んだ。

「亜美さんは、誰に対しても誠実な女性なんだと思います」

「実際、そうなんだよ。だからさ、中途半端な気持ちでおれの求愛に応じてはいけないと考えてるにちがいない」

「森先輩、粘ってください。これまでの行動から亜美さんは先輩の気持ちを感じ取ってるでしょうから、押して押しまくるべきですよ。そうすれば、いつか彼女は先輩の想いに応える気になるんじゃないかしら？」

「そうするつもりだよ。たった一度の人生だから、後悔したくないんだ」

「その調子で頑張ってください」

奈穂は言って、ふたたび里見宅の門前に目をやった。

ちょうどそのとき、門扉から星加千枝が姿を見せた。喪服姿だった。星加幹則の義姉だ。千枝の横には、四十絡みの男が立っていた。夫の秀行だろうか。

「星加の兄夫婦が現われました。わたし、ちょっと行ってきます」

奈穂は森に断って、レンタカーを降りた。急ぎ足で千枝に近づき、小声で呼びかけた。

「あら、町田署の方だったわね」

「ええ。お隣にいらっしゃる方は、ご主人ですか？」

「そう」

千枝が言って、夫に奈穂のことを小声で説明した。

「星加秀行です。六年前は弟の幹則が署の方たちにご迷惑をおかけしまして……」

「あのう、弟さんはどこにいらっしゃるのでしょう？」

「弟がここに来るんですか!?」

「お義姉さんの従妹の里見百合さんが亡くなられたので、弟さんも告別式には列席されると思ったんですよ」

「弟は仮出所して間がありませんし、故人とは数度しか会ったことがないはずですから、きょうは失礼すると思います」

「奥さんからお聞きでしょうが、事件当日の午後四時過ぎに百合さんの自宅マンションから弟さんと思われる男性が出てくるのを入居者が目撃してるんですよ」

「そのことは妻から聞きました。しかし、その人物が弟とは思えないな。何かの間違いじゃないんですか」

「弟さんが被害者の部屋に入ったことは間違いないでしょう」

奈穂は、星加の指紋や掌紋の付着した偽の警察手帳のことを話した。

「弟が六年前に自分を逮捕した刑事さんを逆恨みして、そんな小細工をしたかもしれないとおっしゃるんですね？」

「その可能性は否定できないと思います」

「ばかな奴だ。そんな子供っぽい仕返しをしても意味ないのに。警察は弟の幹則が里見百合さんを絞殺したと疑っているのかもしれませんが、被害者はわたしの妻の従妹だったんです。いくらなんでも、そんなことはしないと思いたいな」

「弟さんは仮出所後、たくさん所持金を持ってたわけではありません。当座の生活費を百合さんから借りようとした可能性もあると思うんですよ」

「わたしとは絶縁状態ですし、母に無心した様子もないので、弟が金に困ってたことは確かでしょう。しかし、親しくもない百合さんに借金を申し込むなんてことは考えられません」

「ふつうの感覚では、そうですよね。だけど、弟さんが被害者よりも何かで優位に立っていたとしたら、そういう遠慮はしないのではありませんか」

「弟が、幹則が百合さんと男女の関係にあったかもしれないとおっしゃるんですか⁉」

「いいえ、それはないと思います。ですけど、弟さんが被害者の致命的な弱みを知っていたなら、平然と借金の申し込みはできるでしょう。それどころか、金を脅し取ることも可能ですよね?」

「妻の従妹が何か犯罪に手を染めてたとでも言うんですかっ」

星加秀行の表情が強張った。

「考えられる弱みは、轢き逃げとか過失致死の類でしょうね。たまたま弟さんがそういう現場に居合わせたとしたら、百合さんを強請ることもできるわけでしょ?」

「何か根拠でもあるんですか?」

「いいえ、それはありません」

「臆測や推量で軽々しいことを言わないでもらいたいな。確かに弟は前科者です。だからといって、妙な先入観や偏見を持つのは問題ですよ。不愉快だな。引き取ってくれないか」

「ごめんなさい。ちょっと配慮に欠けていました」

奈穂は謝って、レンタカーに駆け戻った。

「いまにも泣きだしそうな顔して、どうしたんだ?」

「わたし、刑事失格なのかもしれません」

「ずいぶん深刻な話だな。いったい何があった?」

森が優しく問いかけてきた。奈穂は深呼吸してから、経過を伝えた。

「もう少しぼかした言い方をすべきだったな。星加を脅迫者と極めつけたような喋り方はまずかったね。弟に愛想尽かしてたとしても、兄貴としては気分悪いだろうからさ」

「ええ、そうでしょうね。わたし、早く犯人を突きとめたくて、内心焦ってたんだと思います」

「新米のときは、こっちもそうだったよ。何度も勇み足をして、先輩たちからお目玉を喰らった。そういう先輩たちだって、ルーキーのころは同じようなことをやってたはずだよ」

「それを聞いて、少し気持ちが楽になりました」

「失敗を踏むことはマイナスだけじゃない。何かでしくじったら、人間は必ず何かを学ぶからな。おれ、柄にもないことを言っちゃったよ」

森が照れて頭を掻いた。

そのすぐ後、里見家の門前に霊柩車が横づけされた。その後ろに数台のハイヤーとマイクロバスが並んだ。いよいよ出棺なのだろう。

奈穂は視線を延ばした。

ほどなく柩が運び出された。沿道の参列者が一斉に合掌した。

嗚咽にむせぶ女性も少なくなかった。柩が霊柩車の中に納められた。故人の実兄がハンドマイクを握って、会葬者に型通りの挨拶をした。

親よりも子が先に死ぬ逆縁の場合は通常、故人の父母は弔いの表舞台には出ない。火葬場にも行かないものだ。

故人の兄は挨拶が終わると、妻とともに霊柩車に乗り込んだ。縁者や知人たちがハイヤーとマイクロバスに分乗した。

霊柩車のホーンが鳴り渡った。

会葬者たちが深々と頭を垂れた。霊柩車はハイヤーとマイクロバスを従えて、滑るように走りはじめた。

「われわれも火葬場まで行ってみよう」

森が呟き、レンタカーを発進させた。

奈穂はうなずき、腕時計を見た。午前十一時半だった。

火葬場は町外れの山裾にあった。建物はリゾートホテルを連想させる造りで、暗い印象はみじんもうかがえない。斎場の広い庭は色とりどりの花が咲き乱れている。

森が車を火葬場の外周路に停止させた。すでに霊柩車、ハイヤー、マイクロバスは斎場内に入っていた。

奈穂たちは五、六分過ぎてから、カローラを降りた。

二人とも平服だった。火葬棟の中に入ることは、さすがにためらわれた。奈穂たちは火葬棟の出入口にたたずみ、奥のホールを見た。

四基の火葬炉が横に並んでいた。

左側から二番目の炉の前に、台車に載せられた柩が据えられている。炉の真ん前に二人の僧侶が立ち、読経していた。柩の周囲には、故人の身内や友人たちの姿があった。

喪服姿の五十年配の男がデジタルカメラで会葬者たちの顔をひとりずつ順番に写していた。

「デジカメを持った男、ずいぶん無神経なことをやるな。もっと引いた場所でシャッターを切れば、目障りにならないのに」

森が言った。

「そうね。葬儀社の人かしら？」

「いや、違うだろう。葬儀社の従業員なら、遺族の悲しみはよくわかってるから、あんなラフな振る舞いはしないさ」

「そうでしょうね。何者なのかしら？」

「ちょっと気になるな。おそらく彼は里見宅の前でも、弔い客をひとりひとり撮影してたんだろう」

「おかしなことをやりますね。森先輩、こうは考えられませんか。里見百合を殺害した犯人が誰かに頼んで、会葬者の中に刑事が紛れ込んでないかどうか、写真を撮らせてる」

「なんのために？」

「会葬者の中に刑事がいたとわかれば、逮捕前に逃走できるでしょ？」

「しかし、どいつが警察官かわからないだろうが？」

「それもデジカメを持ってる男に探らせる気なんじゃないかしら？」

「なるほどな。ちょっとデジカメの男に職務質問かけてみるか」

「ええ、そうしましょう」

奈穂は即答した。

読経の声が熄んだ。火葬場の職員たちの手によって、柩は炉の中に押し入れられた。火葬炉の扉が閉ざされると、会葬者たちの啜り泣く声が重なった。

「お骨になるまで二時間ほどかかります。骨揚げまで休憩室で供養のお食事を……」

年配の火葬場職員が大声で言い、会葬の人々の案内に立った。デジタルカメラを持った不審な五十男は大股で歩いてきた。

「ちょっとよろしいですか」

森刑事が男の行く手に立ち塞がった。

「何か用かね？」

「おたく、火葬炉の前で会葬者たちの顔写真をデジカメで撮ってましたよね。葬儀社の人じゃないんでしょ？」

「あんたたちはどなた？」

男が警戒心を露にした。

森が警察手帳を呈示した。そのとたん、相手は落ち着きを失った。

「誰かに頼まれて、弔い客の顔写真を撮ってたんじゃないの？」

「な、何を言ってるんだっ。わたしはアマチュア写真家で、人間の喜怒哀楽をテーマに長年、シャッターを押しつづけてきたんだ。きょうは、大切な人を喪った肉親や友人の生の悲しみを浮き彫りにしたくて、失礼は承知で撮影させてもらってたんだよ」

「地元の方じゃないんでしょ？」

「いや、浜松市民だ」

「ほんとに？　まったく訛がないですね。氏名と現住所のわかる物を何か見せてもらえます？　運転免許証で結構です」

「免許は持ってないんだ」

「それなら、名刺でもかまいません」

森が言った。

男は渋々、上着の内ポケットに片手を突っ込んだ。次の瞬間、相手が森に体当たりした。不意を衝かれた恰好の森は、少しよろけた。その隙に、怪しい男は勢いよく地を蹴った。青年のように動きは敏捷だった。

「待ちなさい！」

奈穂は、逃げる男を追った。合気道二段だった。柔道と剣道も多少、心得ている。射撃術は上級だ。

相手が男でも丸腰なら、別に怕くはない。奈穂は斎場の外まで追ったが、間もなく不審者を見失ってしまった。

路上で乱れた呼吸を整えていると、森が追いついた。

「逃げられたか」

「ええ、すみません」

「ま、いいさ。逃げた男はおそらく便利屋か、調査会社の調査員だろう。伊織が言ってたように里見百合を殺った奴に捜査当局の動きを探らせてるのかもしれない。そのうち、奴はおれたちの周辺を嗅ぎ回るだろう。そのときは取っ捕まえてやろうや」

「そうですね」

「百合の幼馴染みも骨揚げを待ってるだろうから、休憩室に行ってみよう」

「はい」

二人は火葬場に引き返し、火葬棟の隣の建物の中に入った。

奈穂は、休憩室の前にいた三十代前半の女性に声をかけた。

「失礼ですが、亡くなられた百合さんのご友人ですか？」

「そうですが、あなたは？」

「東京の町田署刑事課の伊織です。連れの男性は、同じ課の森という者です」

「わたしは土居若葉です。百合とは中学と高校が一緒だったんです。わたしは県内の短大を出て、地元で就職しました。二十五歳のときに結婚して、いまでは二児の母親なんですよ」

「百合さんとは親しかったんですか？」

「一応ね。わたしは百合のことを親友と思っていましたけど、彼女はわたしに心底、気を許してた感じじゃなかったの。百合は個人的なことは積極的に他人に話すタイプじゃなかったんですよ」

「そうなんですか」

「それでも、ジュエリーデザイナーとして一本立ちできたときは子供みたいに喜んでましたね」

「恋愛に関することで何か相談を受けた覚えは？」

「そういうことは一度もありませんでした」

若葉が首を横に振った。

「故人は美しかったから、男性にはモテたと思うんですよ」

「ええ、それはね。百合は少女時代から男性に騒がれていたからか、割に恋愛には冷静でしたね。言い寄られて、のぼせ上がるようなことはなかったの。自分から相手を好きにならなければ、決して熱くなったりしませんでした。美大生のころは、准教授に夢中になってました。その後もいろんな男性とつき合ったみたいだけど、その相手のことを多く語ることはなかったですね」

「そうですか」

「でも、半年ほど前に百合と電話で喋ったときに真面目な声で、そう遠くないうちに人妻になっちゃうかもしれないと言ってたんです。でも、すんなりとは事が運ばないだろうとも言ってました」

「誰か好きになった男性がいたようですね」

「わたしも、そう直感しました。でも、百合は例によって、詳しいことは教えてくれなかったんですよ」

「秘密主義者だったんですね。ところで、百合さんが過去に不本意にも罪を犯してしまって、そのことで悩んでたことは?」

「そういうことはありませんでしたね。百合は何か犯罪に手を染めてたんですか?」

「別にそういうわけじゃないんですよ。参考までにうかがっただけです」

奈穂は口を結んだ。森が一拍置いてから、若葉に話しかけた。

「休憩室に百合さんの友人が何人かいるんでしょう？」

「はい、三人ほど」

「その方たちからも話を聞きたいんですよ。申し訳ないけど、その三人を呼んでもらえますか？」

「いいですよ」

若葉が快諾（かいだく）し、休憩室に消えた。

待つほどもなく、三人の女性が現われた。若葉も一緒だった。三人は故人と同じ小学校を卒業していた。

奈穂たち二人は交互に三人の旧友に質問を重ねた。しかし、新たな情報は得られなかった。二人は彼女たちに礼を述べ、斎場を出た。

「浜名湖産の鰻（うなぎ）でも喰って、署に戻ろう」

森が言って、レンタカーに駆け寄った。

奈穂は小走りに先輩刑事を追った。

3

渋い茶がうまい。

半沢は思わず唸った。そのとき、強行犯係専用の警察電話が鳴った。中継役の今井がすぐに受話器を取った。

浜松に出かけた森・伊織ペアからの報告かもしれない。

半沢は煙草に火を点けた。一服し終えたとき、今井が通話を切り上げた。

「森からの連絡か？」

「いいえ、草刈からの電話です。五、六分前に星加幹則が生田の実家近くに現われたそうです」

「本庁の捜査員が星加に任意同行を求めたんだな？」

「その前に星加は張り込みに気づいて、逃げたそうです。本社の月岡と鈴木刑事がすぐさま星加を追いかけたらしいんですが、結局、見失ってしまったということでした」

「そうか」

「親方、星加が逃走したのは疚しさがあったからなんじゃないですかね。美人宝石デザイナー殺しの犯人は星加臭いな」

「予断は禁物だよ。凶器の結束バンドに星加の指紋が付着してたわけじゃないんだ」

「しかし、星加が被害者宅に入ったことは間違いありません。目撃証言もありますからね」

「ああ、そうだな。しかし、それだけでは星加が里見百合を絞殺したとは断定できない」

「それはそうですが、星加は限りなくクロに近いわけですから」

「今井、焦るな。焦ったら、ろくな結果は出ない。確かに星加は怪しいが、まだ物的証拠は押さえてないんだ。だから、慎重に捜査しないとな」

半沢は言い諭した。今井が空豆のような顔を両手で撫でながら、黙ってうなずいた。

「森と伊織が百合の郷里で何か手がかりを摑んでくれるといいんだがな」

「そうですね。しかし、被害者は秘密主義者だったみたいですから、幼友達や旧友にも男性関係については何も喋ってないんじゃないですか？」

「そうだろうか。女性の場合、本気で恋愛してたら、そのことを気心の知れた友達には話したくなると思うんだがな」

「一般的にはそうでしょうが、殺害された里見百合はドライな野心家だったみたいですから、情緒的な気分にはならなかったんじゃないですか」

「そうかな」

「親方の話だと、百合は三好宝飾店を紹介してくれた藤巻悟という男を自分から温泉に誘ってますよね。ギブ&テイクで割り切って仕事を取ってるような女は、冷徹なリアリストだったにちがいありませんよ」

「だから、情愛に左右されることはなかっただろうと言いたいわけか？」

「ええ、まあ。被害者は美貌を最大限に利用して、一流のジュエリーデザイナーになることを夢見てたんでしょう。恋愛よりも自分の野心を大事にしてたんじゃないのかな。つき合ってた男がいたとしたら、金だけで繋がっているスポンサーだったんでしょう」

「そうだったとしたら、百合の一生はなんだか寂しいね」

半沢は口を閉じた。

それから数分後、半沢の刑事用携帯電話が鳴った。発信者は奈穂だった。

「大きな収穫があったか？」

「残念ながら、それはありませんでした。でも、被害者が旧友に結婚を仄めかすようなことを言ってた事実がわかりました」

「その話を詳しく教えてくれ」

半沢は促し、部下の話に耳を傾けた。

「里見百合は誰かと真剣な気持ちでつき合ってたんだと思います。その相手の男性はわかりませんが、単なるスポンサーではなかったんでしょうね」

「その話を聞いて、なんか救われた気がしたよ。美人宝石デザイナーが打算だけで生きて若死にしたんだとしたら、なんとなく哀れな気がするからな」

「里見百合は上昇志向の塊だったんですか？」

奈穂が問いかけてきた。半沢は、『オフィスＦ』の藤巻社長から聞いた話を手短に語った。

「体でお礼をしてたなんて、最低だわ。でも、それは好きな男性がいなかったときの話だと思います。かけがえのない彼氏がいたら、ほかの男性と泊まりがけで温泉なんか行くわけありませんから」

「そうだよな」

「半沢係長、星加は義姉の従妹の告別式には顔を出さなかったんです。警察学校で殺人者は犯行現場や被害者の葬儀に姿を見せることが多いと教わりましたが、その説に従えば、星加はシロなんですかね？」

「まだわからないな」

半沢はそう前置きして、実家を訪れかけた星加が張り込みを看破し、逃走したことを伝えた。

「逃げたのは後ろ暗かったからでしょうか？」

「そうかもしれないし、前科歴のある自分に殺人容疑がかかったら、厄介なことになると思ったとも推測できるな」

「ええ、そうですね。いま、浜松駅の近くにいるんです。レンタカーを返して、遅めの昼食を摂ったところなんです」

「そうか」

「次の〝こだま〟で東京に戻ります」

奈穂が先に電話を切った。半沢はポリスモードを懐に戻した。

ほとんど同時に、机上の電話機の内線ランプが灯った。

半沢は今井よりも早く受話器を取った。相手は鳩山署長だった。呼び出しの電話だ。

すぐに半沢は自席を離れ、最上階の署長室に急いだ。ノックをしてから、ドアを開ける。署長の鳩山は総革張りの黒い応接ソファにゆったりと腰かけていた。知的な顔立ちだが、冷たさは少しも感じさせない。

「失礼します」

半沢は笑顔で言って、署長の前に坐った。五十四歳の鳩山は、警察庁採用の警察官僚である。

警察機構は六百数十人のキャリアが動かしている。鳩山署長はエリート警察官僚のひとりだ。それでいて、まるで偉ぶったりしない。

署長は、下積みの刑事にも常に温かく接している。単に社交術に長けているということではなく、ひとりひとりを現場捜査のプロと評価していた。

警察官僚の大半は現場捜査員を自分らの手足と考え、万事に保守的だ。出世欲が強く、利己的である。

　しかし、鳩山は他人に優しい。その上、一本筋が通っている。社会通念や世間体を気にするような臆病者（おくびょうもの）でもない。

　署長は離婚歴のある女性と大恋愛をし、妻に迎えた。

　そのことは、キャリアには大きなマイナスになる。無難な相手と結婚しないと、出世の妨（さまた）げになるわけだ。

　だが、鳩山は敢然と不文律（ふぶんりつ）を破った。半沢は、そんな気骨のある署長を尊敬していた。鳩山も半沢には親しみを感じているらしく、一（はじめ）を〝いち〟と別読みして、一（いち）やんと呼んでいる。

「さっき本庁の須貝警視から聞いたんだが、星加は実家近くで張り込みに気づいて逃げてしまったらしいね」

「うちの草刈からも、そういう報告がありました」

「そうか。もう星加は自分の実家には近づかないだろう」

「でしょうね」

「そう思って、捜査資料室から六年前の事件調書を引っ張り出したんだよ。それで、星加が大手不動産会社に勤務してたころに交際してた女性のことをメモしてみたんだ」

「そういえば、そういう女性がいました。えーと、なんて名だったかな？」

「持田（もちだ）ひとみ。当時二十二歳だから、いまは二十八歳になってるはずだよ」

鳩山がメモを見ながら、そう言った。

「ええ、そういう名前でした。確か新宿の駅ビルでエレベーターガールをやってたはずです」

「いまは、ゴルフの会員権売買会社の事務員をやってるよ。前の職場に問い合わせて、いまの勤務先を調べたんだ。住まいも変わってるね」

「さすが署長だな」

半沢は、差し出された紙片を受け取った。

持田ひとみの新しい職場は、渋谷の宮益坂（みやますざか）にあった。ジョイフルゴルフという社名だった。自宅は東急東横線の中目黒にあるようだ。

「ちゃんと調べたら、服役中に星加幹則は持田ひとみと年に四、五回、手紙の遣（や）り取（と）りをしてた。そのことは、府中刑務所に電話で確認済みだよ」

「何から何まで署長のお手を煩（わずらわ）せてしまって、すみません」

「このぐらいのことをしないと、現場のみんなに申し訳ないからね。おそらく星加は実家を訪ねて、母親から少し金を借りる気でいたんだろう。しかし、もう実家には近づけない」

「となれば、昔の恋人の持田ひとみに頼るかもしれない。そうですね？」

「ああ。一やん、持田ひとみの動きを探ってみる価値はあるんじゃないか」

「早速、わたし自身が動いてみます」

「そうか。何か捜査に進展が生まれるといいね」

鳩山が穏やかに言った。

半沢はメモを上着のポケットに収め、ソファから立ち上がった。刑事課フロアに寄ってから、署を出た。むろん、留守を任せた今井には行く先を教えた。

午後三時を回っていた。

半沢は原則として、部下たちの単独捜査は認めていない。ペアで行動しないと、聞き込みが甘くなる。ひとりで尾行や張り込みはこなせない。だが、半沢自身は時に単独捜査をしている。それは、もっぱら地取り捜査のときだ。

半沢はバスで町田駅前に出て、小田急線の新宿行きの急行電車に乗った。車内は割に空いていた。

いくつか空席があったが、わざと腰かけなかった。足腰の筋肉が衰えることを防ぐためだった。下北沢駅で井の頭線に乗り換え、終点の渋谷駅で下車する。

目的のゴルフ会員権売買会社は、宮益坂の中ほどにあるオフィスビルの中にあった。八階だった。

半沢は持田ひとみの勤務先の見えるエレベーターホールの隅に立ち、時間を遣り過ごした。ひとみには六年前に事情聴取している。いくらか変わっただろうが、なんとか見分けはつくだろう。

半沢はエレベーターが三基あることを目で確かめた。ホールに接する形で階段もあった。ひとみが自分に気づいて逃げても、すぐに追えるだろう。

半沢は、ひと安心した。

張り込みは、いつも自分との闘いだった。マークした人物に動きがなくても、決して焦れてはいけない。相手が動きだすまで、ひたすら待つ。

焦って動き回ったりしたら、たいがい張り込みに気づかれる。張り込みに限らず、刑事には忍耐が必要だ。粘って粘って粘り抜く。愚鈍なまでの粘りが事件解決に繋がることが少なくない。

犯罪捜査は詰まるところ、追う者と追われる者の心理合戦だ。相手の行動パターンを分析し、リアクションを予想する。予想が当たると、自然に口許が綻ぶ。

逆に相手に裏をかかれたときは実に忌々しい。歯噛みするだけではなく、自棄酒を呷りたくなる。

半沢は辛抱強く張り込みつづけた。

ひとみが同僚と思われる三十歳前後の女性と職場から出てきたのは、午後五時二十分ごろだった。六年前よりも、だいぶ大人っぽくなっている。かわいい顔には、色香が加わっていた。

星加の昔の恋人は半沢には気がつかなかった。連れと何か談笑しながら、函の中に消えた。

二人の乗ったエレベーターの扉が閉まった。半沢はホールに走り、隣の函に乗り込んだ。

一階に着くと、表に走り出た。

ひとみと連れは肩を並べて、宮益坂をゆっくりと下っていた。

半沢は二人を尾行しはじめた。二人は坂の下まで降り、明治通りに面した串揚げの店に入った。軽く一杯飲む気なのだろう。

半沢は少し経ってから、ガラス戸越しに店内を覗いた。割に広い店だった。ひとみたちは奥のカウンターに並んでいた。

自分も腹ごしらえしておく気になった。

半沢は店に足を踏み入れ、出入口に近いカウンターの端に腰かけた。ひとみたちのいる席からは、だいぶ離れている。

半沢はビールを注文し、コースの串揚げを選んだ。十串のコースだった。

魚介と肉の串揚げの間にアスパラガスや銀杏が挟まれ、ラストに柿の串揚げが供された。柿の串揚げを食したのは初めてだったが、まずくなかった。

ひとみたちはワインを傾けながら、ゆっくりと串揚げを頬張っていた。まだ腰を上げる気配はうかがえない。

やむなく半沢は単品で赤貝の刺身と田舎煮を追加注文し、焼酎の緑茶割りに切り替えた。ロックで飲みたいところだが、まだ職務中だ。

半沢は間を取りながら、グラスを傾けた。

ひとみたちが立ち上がったのは八時過ぎだった。二人は割り勘で支払いを済ませ、店から出ていった。

半沢は急いでレジに走り、慌ただしく外に出た。

二人は渋谷駅に向かっていた。連れの女性はＪＲ渋谷駅の改札に足を向け、ひとみは地階にある東急東横線渋谷駅に急いでいる。

半沢は、ひとみの後を追った。彼女の十数メートル背後まで迫っても、怪しまれることはなかった。

ひとみは定期券を使って、改札口を抜けた。

半沢は中目黒までの切符を買い求め、急行のホームに進んだ。すでに急行電車は入線していた。ひとみは四輛目に乗り、空いている座席に腰かけた。半沢は同じ車輛の端に立ち、吊り輪を握った片腕で自分の顔を隠した。

一分ほど過ぎると、電車が動きはじめた。次の停車駅は中目黒だ。
五、六分で、電車は中目黒駅に着いた。半沢は持田ひとみが下車してから、ホームに降りた。一定の距離を保ちながら、ひとみを尾ける。

ひとみは駅を出ると、山手通りに沿って三百メートルほど進んだ。それから脇道に入り、軽量鉄骨造りの二階建てアパートの中に消えた。自宅アパートだ。

やがて、二階の角部屋に電灯が点いた。ひとみの部屋だ。二〇一号室だった。

後は、星加が昔の彼女のアパートを訪ねるかどうかだ。半沢は暗がりに身を潜め、斜め前のアパートを見上げた。

張り込んで一時間半あまり経過したころ、二〇一号室の照明が消された。もう就寝するのか。まだ十一時前だ。いささか早すぎる気もする。外出するのかもしれない。

半沢は、アパートの鉄骨階段に目をやった。

それから間もなく、二〇一号室のドアが開けられた。ひとみはカジュアルな恰好をしていた。彼女は駅前に向かって歩きだした。半沢は、ひとみを追尾しはじめた。

ひとみは駅の少し手前にあるコンビニエンスストアに入った。半沢は嵌め殺しガラス越しに、ひとみの動きを目で追った。

ひとみは食パン、個食用のサラダ、パック牛乳を買うと、ひとしきり週刊誌を立ち読みした。それから彼女は、来た道を急ぎ足で戻りはじめた。

星加は今夜、ひとみのアパートに来るのだろうか。村尾に電話をして、覆面パトカーで中目黒に来てもらうことにした。

半沢はふたたび持田ひとみを尾行しはじめた。夜気(やき)には、わずかに秋の気配が混じっていた。

4

踵(かかと)が少し痛くなってきた。

奈穂は通行人を装って、かれこれ四十分ほど宮益坂を往復している。

持田ひとみの勤め先のあるオフィスビルの斜め前には、覆面パトカーのスカイラインが駐車中だ。運転席には森刑事が坐っている。

浜松に出張した翌日の正午過ぎだ。

職場に顔を出すと、今井が待ち受けていた。彼は半沢の指示だと言い、奈穂に森と一緒に持田ひとみの勤め先に張りつけと命じた。ひとみが星加幹則と接触するかもしれないということだった。

こうして奈穂たち二人は、午前十時前から張り込みを開始した。ひとみが職場にいることは、偽電話で確認済みだった。

そのうち対象者が昼食を摂りにビルから出てくるかもしれない。

奈穂は坂道を下(くだ)って、オフィスビルの近くにたたずんだ。

森から電話がかかってきたのは数十分後だった。

「いま、親方から電話があったんだ。村尾と一緒に持田ひとみの自宅アパートを張り込んでるんだが、星加が接近する気配はうかがえないと言うことだったよ」

「そうですか」

「こっちにも動きはないと報告しといた。ひとみ、出てこないな。昼飯は外で喰うと思ってたが、コンビニでサンドイッチや何か買ってから出勤したのかもしれない」

「ええ、考えられますね」

「おれたちも腹ごしらえしておこう。悪いけど、コンビニかどこかで弁当とペットボトル入りのお茶を買ってきてくれる？」

「いいですよ」

「金、大丈夫か？」

「ええ。森先輩の代金は立て替えておきます」

奈穂は電話を切り、宮益坂を下り降りた。明治通りを原宿方向に数百メートル歩くと、コンビニエンスストアが見つかった。

店内に入り、まず森のカツ弁当と茶を選ぶ。奈穂は自分のおにぎりと飲みものも選んで、支払いを済ませた。

来た道を逆戻りし、覆面パトカーの助手席に坐る。森が自分の弁当と飲みものを受け取り、代金を差し出した。奈穂は硬貨を小銭入れに収めてから、鮭のおにぎりを食べはじめた。

「こうして昼飯を喰える張り込みは恵まれてるよ。去年の雪の晩には空きっ腹で朝まで張り込んだんだ。あのときはヒーターを強めても、寒かったなあ。徹夜の張り込みはきついよ」

　森が言った。

「親方、きのうは徹夜で張り込みだったんですよね。もう若くないから、ちょっと体が心配だわ」

「うちの親方は、まだまだ大丈夫だよ。親方のことより、村尾のことが心配だな。あいつ、去年の春、張り込み中に立ったまま居眠りして、マークしてた被疑者に逃げられたことがあるんだ」

「立ったまま、眠っちゃったんですか⁉」

「そう。村尾の特技なんだよ。いつだったか、吊り革にぶら下がったまま、電車の中で鼾(いびき)をかいてやがった」

「うふふ」

「あいつは刑事に向かないと思うんだが、本人は天職だと言ってる。係長が半沢さんじゃなかったら、とっくに村尾はお払い箱になってただろうな」

「半沢係長は優しい方だから……」

「そうだな。しかし、刑事魂を忘れたときは説教される」

「森さんは叱られたことはないんでしょ？」

「あるさ。部下で説教されなかったのは、今井さんだけだよ」

「そうなんですか」

「親方にどんなにきつく叱られても、反抗心は湧かない。説教になんか説得力があって、素直にうなずけるんだよ。親方は、部下のことを一種のファミリーと思ってるようで、本音を言ってくれるんだ。それが嬉しいんだよ。それはそうと、伊織が持田ひとみだったら、昔の彼氏とどんなふうに接するかな」

　森がトンカツに齧りついた。

「相手の男性に未練があったら、何か力になってあげたいと思うでしょうね」

「昔の恋人が生活費に困ってたら、金を回してやる？」

「ええ、多分」

「相手が犯罪者とわかっていても？」

「難しい質問ですね。少しの間、匿ってあげるかもしれないな。それで、相手に逃走資金を渡しちゃいそうですね」

「相手にまったく未練がなかったら？」

「お金を工面することはないでしょうね。それから、相手が人殺しだったら、即、自首しろと説得すると思います」

「持田ひとみは星加が強盗殺人事件を起こすまで、どんな気持ちでいたんだろうか。彼女は服役中の星加と手紙の遣り取りをしてたようだから、まだ愛情は持続してたんだろうな」

「そうなんでしょうね」

「しかし、人の心は移ろうものだ。六年のブランクがあったら、ひとみの星加に対する想いも萎んでしまったかもしれないぞ」

「ええ、そうですね。そうだったとしたら、持田ひとみは星加幹則に泣きつかれても、おそらく手を差し延べることはしないでしょう」

「だろうね」

「それから、星加がいまも持田ひとみを大切な女性と考えてるんなら、彼女にお金を都合させたりはしないはずです。相手のことを強く想ってるんだったら、決して迷惑はかけたくないと思いますからね」

「そうだな。星加は、果たして昔の彼女に救いを求めるのか。それとも、持田ひとみには敢えて近づこうとしないのだろうか。また、ひとみはどう反応するのか。人が悪いと言われそうだが、おれは二人の行動が気になるね」

「ええ、わたしも」

奈穂はペットボトルの麦茶で喉を潤し、鱈子のおにぎりを食べはじめた。

やがて、昼食を食べ終えた。

「ポジションを替えよう。今度は、おれが外で張り込む。伊織は運転席で待機しててくれ」

森が言って、車から出た。奈穂は運転席に移り、警察無線の交信に耳をそばだてた。

担当している事件に関する情報は得られなかった。無線のスイッチをオフにして、窓の外に視線を向ける。森刑事は対象のオフィスビルの前を行きつ戻りつしていた。

腕時計に目をやって、人待ち顔を崩さない。

マークした持田ひとみがビルから姿を見せたのは、午後二時半過ぎだった。

森が尾行のサインを送ってきた。ひとみは宮益坂を下りはじめた。森が二十メートルほど後ろから尾いていく。

奈穂は覆面パトカーを脇道に入れ、車首を変えた。

スカイラインを宮益坂に進め、舗道をうかがう。ひとみは坂の下から明治通りに進んだ。森が歩度を速める。奈穂は大急ぎで車を明治通りに乗り入れた。

ひとみは、明治通りに面したメガバンクのＡＴＭの前に立った。森は近くの軒灯に身を寄せていた。

奈穂は覆面パトカーを路肩に寄せ、ひとみの動きを見守った。

ほどなく持田ひとみがＡＴＭから離れた。札束入りの封筒をハンドバッグに収め、原宿方面に歩きだした。足早だった。どこかで彼女は、星加幹則に金を渡すのではないか。

奈穂はスカイラインを発進させ、低速で走らせた。

ひとみが少し先で明治通りを横切り、宮下公園に走り入った。線路沿いにある細長い公園だ。森がひとみを追って、園内に消えた。

奈穂は覆面パトカーを公園の真横に停め、すぐに二人を追った。

出入口のそばの灌木の陰に森が屈み込んでいた。先輩刑事の視線はベンチのカップルに注がれている。星加とひとみだった。

ひとみが何か言いながら、銀行名が刷り込まれた白い封筒を星加に手渡した。星加が厚みのある封筒を押し戴き、上着の内ポケットに収めた。

数秒後、森が繁みから飛び出した。星加が身を強張らせた。ひとみも緊張した顔つきになった。

「星加さんだね？」

森がベンチの前に立った。

「誰なんだっ」

「町田署刑事課の者です。殺害された里見百合さんのことで、いろいろ話を聞かせてもらいたいんですよ」

「おれは事件に関与してない」

「それなら、任意同行してもらえますね」

「断る。警察とは相性(あいしょう)がよくないんだ」

「おたくは、昔の恋人の持田ひとみさんに金を都合してもらった。さっき懐に入れたのは逃亡資金なのかな」

「きさま、おれを犯人扱いするのかっ」

星加が大声を張り上げ、勢いよくベンチから立ち上がって、森の胸を突いた。

ひとみが驚き、腰を浮かせた。奈穂はひとみに駆け寄って、小声で正体を明らかにした。ひとみが目を伏せる。

森がオーバーによろけ、仰向けに引っ繰り返った。それから、大声で痛みを訴えた。

「ちょっと押しただけじゃないか」

星加が言った。

「いや、ものすごい力だった。もしかしたら、肋骨(ろっこつ)にヒビが入ったかもしれない。どっちにしても、公務執行妨害罪だな」

「汚い奴だ。初めっから、こっちを嵌めるつもりだったんだなっ」

「人聞きの悪いことを言わないでくれ。任意同行に応じないと言うんだったら、公務執行妨害で緊急逮捕することになりますよ」

森が身を起こして、腰の手錠サックに触れた。

「おい、こんな所で手錠なんか出さないでくれ」

「それじゃ、一緒に来てもらえますね」

「わかったよ。連れの女性は、勤め先に戻してやってくれ」

「覆面パトカーの中で事情聴取させてもらうだけですよ」

「おれは五十万円借りただけだよ。ひとみは、どんな犯罪にも関わってない」

「本当に事情聴取させてもらうだけですので」

奈穂は星加をなだめ、ひとみの片腕を柔らかく掴んだ。すかさず森が、星加の片手を取った。

「車は出入口の近くに駐めてあるんです」

奈穂はひとみに告げ、足を踏みだした。

第三章　重要参考人の余罪

1

壁の一点が赤い。

採光窓から西陽(にしび)が差し込んでいるせいだ。刑事課の取調室1である。

半沢は灰色のスチール製のデスクを挟(はさ)んで、星加幹則と向かい合っていた。隅(すみ)の机には、奈穂が坐っている。ノート型パソコンの画面には、まだ一文字も打たれていない。

五、六年前まで被疑者や重要参考人の供述調書は手書きが多かった。しかし、いまではパソコンを使っている警察署が大半だ。

「このまま黙秘権を行使(こうし)しても、無意味だと思うがな」

「これは不当逮捕だ。おれは森という刑事を強く突いたわけじゃない。なのに、あの男はわざと倒れて痛みを訴えた。芝居だよ」

　星加がようやく口を開いた。

「突き方はともかく、おたくは任意同行を求めた警官の体に触れた。それだけで、公務執行妨害になるんだ」

「こっちは、仕組まれた罠に嵌められてたんだよ。だから、不当逮捕だと言ってるんですっ。おれに前科があるからって、あんな汚い手を使ってもいいのか！　人権問題だぞ」

「われわれは、おたくを公務執行妨害容疑で地検送りにする気はない。素直に事情聴取に応じてくれれば、それでいいんだよ」

「おれは警察のやり方に腹を立ててるんだっ。だから、協力する気はない」

「困ったな。大の男が睨めっこをしてても仕方ないね。なぞなぞ遊びでもするか」

「ふざけないでくれ。六年前の事件で逮捕されたときも、あんたはくだらない駄洒落を連発して、おれになぞなぞを解かせた。いったいどういうつもりだったんだっ」

「黙って睨めっこをしてても気詰まりじゃないか。それだから、少しお互いの気分をほぐそうとしたんだよ」

「だとしても、不真面目すぎる」

「ま、いいじゃないか。さて、問題だ。巣の中は、いつも空っぽという鳥は？」

「やめてくれ」

「難しく考えないほうがいいよ」

「いい加減にしてくれなっ」

「降参らしいな。それじゃ、部下に答えさせよう」

半沢は奈穂に顔を向けた。奈穂が少し考えてから、にっこりと笑った。

「答えは烏ですね。つまり、空巣ってわけでしょ？」

「その通り。次は星加君に答えてもらいたいな」

「くだらない遊びにはつき合えない！」

「怒らせてしまったようだな。それだからって、いつまでも睨めっこをしてるわけにはいかないんだよ。おたくが昔の彼女に用意してもらった五十万円は、逃亡資金に充てるつもりだったのかな？　持田ひとみさんには、当座の生活費を借りたいと言ったようだが……」

「おかしなことを言わないでくれ。逃亡資金って、どういう意味なんだ？」

星加が挑むような眼差しを向けてきた。

「宝石デザイナーの里見百合さんが絞殺された日の午後四時過ぎにさ、おたくが彼女の部屋から出てくるところをマンションの入居者が見てるんだよ。被害者の死亡推定時刻は司法解剖の結果、午後四時から同五時四十分の間とされた」

「……………」

「それだけじゃない。死体のそばには、わたし名義の模造警察手帳が落ちてた。その遺留品には、そっちの指紋と掌紋が付着してた」

「おれは何も知らない」

「われわれは、それじゃ納得できないんだよ。事件当日、『つくし野パークパレス』の五〇三号室を訪ねたことは認めるな?」

「………」

「どうなんだっ」

「それは認めますよ」

「訪問目的は?」

「もう調べがついてるだろうが、里見百合はおれの兄嫁の従妹なんですよ。血縁関係はないけど、一応、遠縁になるわけだ。それに彼女とは二、三回会ってたから、当座の金を借りようと思ったんだよ」

「それで?」

「五、六十万でもかまわないからと頭を何度も下げたんだけど、あっさりと断られてしまった。で、仕方なく引き揚げたんだよ。おれが百合の部屋を出たとき、彼女はまだ生きてた。おれは、彼女を殺しちゃいない。嘘じゃないんだ」

「わたし名義の偽造警察手帳については、どう説明する?」

半沢は問いかけ、セブンスターに火を点けた。

「そんな物を事件現場に落としたりしてない」

「おい、おい！　遺留品の模造手帳から、そっちの指紋と掌紋が検出されてるんだぞ」

「誰かが、おれを陥れるつもりだったんでしょう」

「そんな言い訳が通用するわけないだろうが。そっちは六年前のことで手錠を打ったおれを逆恨みして、人殺しの罪を被せようとしたんじゃないのか。それだけじゃない」

「え？」

「おれの息子の薫を盗撮魔に仕立てようと画策した疑いもある。そっちは新宿駅のトイレで息子のビジネスバッグをかっさらって、代わりにＣＣＤカメラを仕込んだショルダーバッグを置いていった。それは、盗撮マニアの大学職員から一万円で譲り受けた物だった。どこか間違ってるか？」

「偽造警察手帳のことはもちろん、あんたの倅を嵌めようとした覚えはないっ」

「しぶといな。そっちがそのつもりなら、こっちも温情はかけないぞ」

「そんなふうに威されても、身に覚えのないことは認めるわけにはいきませんよ」

星加が言って、目を閉じた。

半沢は短くなった煙草の火を消した。

「星加さん、覆面パトカーの中でわたしが持田ひとみさんに事情聴取したときのことを忘れたわけじゃないでしょ？　彼女はね、あなたを逃がしてやりたくて、銀行から五十万円引き出したとはっきりと言いました」

奈穂が椅子ごと振り向いて、苛立たしげに言った。

「ひとみは何か勘違いしてるんだ。おれは電話で、生活費を五十万円ほど借りたいと頼んだんだよ」

「彼女を庇ってるんですか？」

「庇う？」

「ええ、そうです。ひとみさんに生活費を貸してくれと頼んだと言い張れば、彼女は被疑者の逃亡の手助けをしたことにはならないから、法的には罰せられません」

「ああ、そういうことか」

「どうなんです？　ひとみさんをまだ大切な女性と思ってるから、彼女を庇う気になったんですか」

「別にそうじゃないよ。おれは、事実をありのままに語っただけさ。ひとみは勝手におれが何か悪さをして、高飛びでもすると早とちりしたんだろう」

「彼女の切ない女心を少しは考えてみなさいよ。ひとみさんは星加さんをまだ想ってるから、五十万も用立てる気になったんでしょう。それから、自分が罪に問われるかもしれないと考えていたはずよ。それでも、あなたの力になりたかった。つまり、まだ星加さんに愛情を感じてるんですよ」

「そうなのかな。不動産会社で歩合給を稼ぎまくってるころは、ひとみにいろいろブランド物の服、腕時計、バッグ、靴なんかを毎月プレゼントしたんだよ。そのときの返礼のつもりで、五十万用意してくれたんじゃないのかな。ひとみがいまもおれに愛情を感じてくれてたら、工面したお金が逃亡資金だったなんて言わないと思うよ」

「彼女は、宮下公園で観念したんでしょうね。仮に星加さんが高飛びしても逃げ切れるものではないと感じ取ったから、事実を喋る気になったんじゃないのかしら？」

「おれを犯罪者扱いしないでくれ。六年前のことはともかく、その後は法に触れるようなことは何もしてない」

星加が憮然とした顔で言い、口を引き結んだ。

半沢は手で奈穂を制した。奈穂が小さくうなずき、ノートパソコンに向き直った。

こういうときは、話題を変えたほうがいい。半沢は頃合を計って、星加に声をかけた。

「子供のころ、何になりたいと思ってた？」

「なんですか、唐突に」

「おれは船乗りになりたかったんだよ。千葉の鴨川で生まれ育ったせいか、海の男に憧れたんだ。それも漁師じゃなくて、外国航路の客船の乗組員になりたかったんだよな」

「…………」

「ところがさ、どうしても船酔いを克服できなかったんだ。それで、船員になることを諦めたんだよ」

「小学生のときは、ケーキ職人になりたかったな」

星加が遠くを眺めるような目をした。

「ほう、ケーキ職人ね。そこにいる伊織巡査のお父さんは、国立でケーキ屋を経営してるんだ。なぜ、ケーキ職人になりたかったのかな」

「小さいときから、バニラの甘い香りが好きだったんですよ。あの香りに包まれてると、なんとも幸せな気分になる」

「おれは子供のころ、車の排気ガスの臭いが好きだったね。特に観光バスの臭気がよかった。観光バスを見かけるたびに、犬みたいに追っかけたっけな」

「変わった子供だったんだ」

「そうかな。おれは、ふつうだと思ってたけどね。それはそうと、なんでケーキ職人にならなかった？」

「両親に反対されたんですよ。死んだ親父は電力会社の重役まで出世した男だから、職人とか工員を一段低く見てたんだ。おふくろも歯医者の娘だから、国家公務員か一流企業のサラリーマンになれと言ってた」

「おたくは結局、親の意向を無視できなかったんだ？」

「うん、まあ」

「それがまずかったな。バニラの匂いを嗅ぎながら、ハッピーな気分でケーキを作ってれば、ギャンブルや女遊びにうつつを抜かすこともなかっただろうに。そういう息抜きを重ねたのは、要するに不動産を売る仕事では精神的な充足感や使命感を得られなかったんだろう」

「ええ、それは認めますよ。結局、金儲けが目的の仕事だったからね。営業成績がトップになっても、なんか空虚でした。それで、憂さ晴らしに違法カジノに通ったり、高級クラブを飲み歩いたりしたんだ。気がついたら、消費者金融の利払いもできなくなってた」

「どうせなら、ボロ儲けしてた勤め先の金を横領しちゃえばよかったんだよ。年寄りを殺して、中途半端な額の金を強奪するよりは増しだったろう。刑事のおれがこんなことを言うのは、まずいか」

半沢は頭に手をやった。星加が複雑な笑みを浮かべた。

「余計なことかもしれないが、自分の思った通りに生きるべきだったんじゃないのかな」

「ああ、そうだね」

「大学は名門私大だったよな?」

「一応、西北大の商学部を出てます。一浪して入ったんだ。大手不動産会社に就職するときも苦労したな。両親や兄は喜んでくれたけどね。しかし、わたしはどこか違和感を覚えながらも、惰性(だせい)で営業に励みました。そんなことで、ストレスを溜めることになって、夜遊びで心のバランスを取るようになったんだろうな」

「まだ四十前なんだから、生き直せるさ。身をきれいにして、ケーキ職人をめざせばいいじゃないか。なんなら、伊織巡査の親父さんの弟子になるか?」

「ちょっと待ってくださいよ。身をきれいにしてって、どういうことなんです? まだ疑ってるんだな、このおれを。断じて、おれは里見百合を殺してない」

「そう言われても、こっちは納得できないんだよ。事件現場の遺留品のことがあるからさ」

「だから、それはさっきも言ったように誰かがおれに人殺しの罪を着せる目的で、小細工したんでしょう」

「それじゃ、教えてくれ。そっちの言う通りだとしたら、誰かに模造警察手帳に触れるように仕向けられたはずだ。そうじゃなければ、こっちの顔写真にそっちの指紋や掌紋は付かないわけだからな」

「記憶が曖昧だけど、そういうことがあったんだろうね」

「そんな返答で切り抜けられると思わないほうがいいな。われわれは子供じゃないんだ」

「………」

「こっちの顔写真を盗み撮りして、そいつを模造警察手帳に貼りつけ、里見百合の自宅マンションの居間に故意に落としたんだろうな。こっちを困らせたくてさ」

「これ以上、話しても無駄だな」

「また、だんまり戦術か」

半沢は言った。星加が薄く笑って、瞼を閉じた。

「これは推測なんだが、そっちは何か被害者の致命的な弱みを握ってたんじゃないのか？」

半沢は星加に揺さぶりをかけた。星加は目をつぶったままだったが、わずかに狼狽した様子を見せた。

「やっぱり、勘は正しかったようだな。その弱みをちらつかせて、そっちは里見百合に向こう一、二年は暮らせるだけの生活費を出させるつもりでいた。しかし、被害者は要求を突っ撥ねた。それで、そっちは……」

「逆上して、彼女を殺した？」

「そういう推測はできるよな、遺体のそばにそっちの指紋の付着した模造警察手帳が落ちてたわけだから」

「好きなように考えてよ。その遺留品だけでは、おれを殺人容疑で起訴できっこないんだから」

「まだ粘る気か。しぶといな」

半沢はぼやいた。

その直後、取調室のドアが乱暴に開けられた。入室したのは本庁捜査一課の志賀太警部だった。

「半沢係長、まだ落とせないの？」

「ええ、てこずってます」

「遺留品と目撃証言があるんだから、とことん追い込めばいいんだ」

「しかし、まだ決め手がないからな」

「替わろう。わたしが星加を落としてみせる」

「自信満々ですね。それじゃ、お手並を拝見しましょう」

半沢は椅子から立ち上がり、壁に凭れかかった。志賀が星加の前に坐った。

「そろそろ楽になったら、どうなんだ？　宝石デザイナーを絞殺したのは、おまえなんだろうが！」

答えろ」

「きさま、口の利き方に気をつけろ。おれは桜田門の人間なんだ。です・ます言葉で

「おれはシロだよ」

「本庁の人間がそんなに偉いんですか？」

「きさま、おれを怒らせたいのかっ。人殺しがでかい口をたたきやがって」

「人殺しって、前の事件のことを言ってるんですか？　それとも……」

「両方だ。今回の殺しも、おまえの仕業にちがいない。星加、素直に全面自供したら、極刑は避けるよう検察庁に働きかけてやるよ。東京地検には、いろいろ貸しがあるんだ。おまえは六年前にも人を殺してるが、無期懲役で済むよう根回ししといてやろう。だから、おれに手柄を立てさせろよ」

「日本では薬物や経済事案以外、司法取引は禁じられてる。うまい話に乗る気はないし、そうする必要もない」

「里見百合は殺ってないとシラを切りつづける気なのか？」

「シラを切るわけじゃない。事実を言ってるだけだって」

星加が瞼を開け、志賀警部を睨めつけた。

「なんだ、その目は！　人殺しが善人ぶるんじゃないよ」

「百合は兄嫁の従妹なんだ。そんな彼女をおれが殺すわけないでしょうが」

「おまえは、兄貴の秀行さんと仲が悪い。義姉の千枝さんのことも快く思ってないんだろう。まして兄嫁の従妹となれば、ひと欠片の同情心もなく……」

「おれは無実だよ。誰がなんと言おうとね」

「ばかな奴だ。警察に楯突いたって、損するだけだぞ。とりあえず公務執行妨害で勾留して、連日連夜、取り調べてやる」

「その公務執行妨害は仕組まれたものなんだ。従って、これは不当逮捕だね。いますぐ弁護士に連絡を取らせてくれ」

「そんなことさせるか。いま、留置場にぶち込んでやる」

「志賀さん、ちょっと……」

半沢は声をかけ、先に取調室1から出た。待つほどもなく志賀が姿を見せた。

「うちの森が星加に突かれたとき、オーバーな反応を示したことは間違いないんですよ」

「しかし、体を突かれたことは確かなんだよね？」

「ええ、それは」

「それだったら、れっきとした公務執行妨害だ」

「しかし、いま星加を勾留しても、すんなり全面自供するとは思えません。ここは星加をわざと泳がせて、その後の動きを探ったほうが得策でしょう？　何か尻尾を摑むことが先決なんじゃないかな」

「そんな悠長なことを言ってたら、スピード解決に繋がらない」

「事件を速やかに解決させることは、もちろん大事です。厭味な言い方になりますが、過去七件の殺人事件の真犯人を割り出したのはすべて所轄署でした」

「本庁の捜一を愚弄する気なのか⁉」

「そんなふうに僻まないでほしいな。こっちは、焦りは禁物だと言いたかったんですよ。ただ、それだけです」

「いや、皮肉と当て擦りが含まれてたな」

「そんなことより、いまは星加を泳がせるべきですよ。須貝警視に指示を仰いでみてくれませんかね」

半沢は頼んだ。志賀は何か反論しかけたが、黙って歩きだした。

多分、星加を泳がせることになるだろう。半沢は取調室1のドア・ノブに手を掛けた。

2

尾行班は、ふた組だった。

本庁の月岡文博警部補と鈴木守巡査部長は、署の斜め前のバス停の近くに立っていた。奈穂は、村尾と一緒に表玄関を見通せる場所にたたずんでいる。

午後六時半過ぎだった。間もなく星加幹則が署から姿を見せるだろう。

「対象者は生田の実家か、持田ひとみのアパートに行くんじゃないか」

村尾が言った。

「そうかしら？　実家には志賀警部と草刈さんのペア、それから中目黒のひとみのアパートには宇野・堀切の両先輩が向かってるんですよ。星加は、そのことを読んでると思うんです」

「だから、星加はどちらにも行かないだろうってことか？」

「ええ、多分」

「しかし、星加は所持金が乏しくなってるだろう。持田ひとみが用立てた五十万円は押収して、彼女に返したって話だったからな」

「そうですね」

「実家にも昔の彼女のアパートにも行かないとしたら、星加はどこで金を工面するつもりなんだろうか」

「それはわかりませんけど、わたしの勘だと、彼は生田にも中目黒にも行かないと思います」

「伊織の勘は割に当たるから、そうなのかもしれない」

「わたし、ちょっと生意気なことを言いました？」

「いや、全然……」

「駆け出しのわたしがベテランみたいな口を利いてしまったと少し後悔してます」

「確かに自分のほうが先輩だけど、男の中で一番若い。ベテランの今井さんの前で偉そうなことは言わないほうがいいと思うけど、おれたちは二十代同士なんだから、別に妙な遠慮はしないでくれ」

「わかりました」

「星加はバスか、徒歩で町田駅前に出るんじゃないかな。対象者がバスに乗ったら、まだ面の割れてない本庁の二人が後につづくはずだ」

「でしょうね」

「その場合は、おれたちは覆面パトカーで町田バスセンターまで追う。その先は臨機応変に動こう」

「了解！」

　奈穂は口を閉じた。

　それから一分も経たないうちに、署の表玄関から星加が出てきた。疲れた様子だった。星加が鎌倉街道を横切り、バス停に足を向けた。

「ここで待機しててくれ、車を回すから」

村尾が言って、署の裏手に走っていった。

奈穂は星加に視線を向けた。すでに星加はバス停に達していた。少し離れた場所に、捜査一課の月岡と鈴木の姿が見える。

奈穂は二人が苦手だった。どちらも本庁の捜査員であることを鼻にかけ、所轄署の刑事たちを軽く見ているからだ。

バスが来た。町田バスセンター行きだった。

星加が乗り込む。月岡と鈴木は最後に飛び乗った。

灰色のプリウスが奈穂の横に停められた。覆面パトカーだ。奈穂は助手席に坐った。ドアを閉めたとき、バスが走りだした。

村尾が何台かのセダンを挟んで、慎重にバスを追尾しはじめた。バスは町田街道を突っ切り、そのまま直進した。

星加が途中のバス停で降りる様子はうかがえなかった。バスは妙延寺の角の交差点を左折し、道なりに走った。右手にある市民ホールを通過すると、マンションやオフィスビルが目につくようになった。

それから数分で、バスは終点の町田バスセンターに着いた。バスセンターの前には西友があり、周辺にはビルが連なっている。

村尾は警察車輛を駅前の三菱東京ＵＦＪ銀行の手前に停めた。奈穂たちは急いで車を降り、バスセンターに向かった。

ロータリーの真上には、放射線状の歩道橋が架かっている。二人はいったん歩道橋の上に駆け上がった。眼下のバスの発着所を見ると、星加はＪＲ横浜線町田駅方面の階段を昇りはじめていた。

その後方には、月岡と鈴木の姿があった。

奈穂たち二人は歩道橋を回り込んで、歩行者専用通路に出た。

星加は丸井のショーウインドーを眺めながら、ルミネ方向に歩いている。ルミネに隣接して、横浜線町田駅がある。

本庁の二人は、星加の五、六メートル後ろにいた。接近しすぎている気もするが、行き交う人々は多かった。星加が警戒している気配は伝わってこない。

やがて、マークした人物は改札を通り抜けた。どこまでの切符を買ったのかは確認できなかった。

星加は横浜方面のホームに降りた。

月岡たちがそれを見届けてから、警察手帳を見せて、改札を抜けた。奈穂と村尾も駅員に小声で素姓を明かし、改札を潜った。

だが、二人はホームには降りなかった。

入線アナウンスが流れるまで階段の昇降口付近で待った。三分ほど待つと、電車が到着した。

奈穂たちはホームまで一気に下った。星加が三番目の車輌の中に消えた。月岡と鈴木が同じ車輌に乗り込んだ。端と端だった。

奈穂たちは四番目の車輌に入り、連結部分に近い所に立った。星加の姿はよく見えないが、月岡たちの動きは視認できる。

電車が動きだした。

本庁の二人が慌てて降りたのは、二駅先の長津田だった。奈穂たちは電車のドアが閉まる寸前にホームに降りた。星加と月岡・鈴木ペアは、東急田園都市線の下りホームに向かっていた。

「伊織、星加は里見百合が住んでたマンションに行くんじゃないのかな」

村尾は歩きながら、低く呟いた。

「ええ、多分ね」

「だとしたら、どうする気なんだろうか。星加は被害者から部屋の鍵を借りて、密かにスペアキーを作らせてたのかな」

「それほど親しい間柄じゃなかったみたいだから、それは考えられないと思います。それに事件当日、被害者宅に合鍵を使って侵入したわけじゃないようですしね」

「ああ、第一発見者は五〇三号室のドアはロックされてなかったと証言してたんだったな。しかし、それで星加がスペアキーを持ってなかったとは断定できないぜ」

「ええ、そうですね。でも、被害者とかなり親しくなければ、部屋の鍵を借りることはできないでしょ？」

「それはそうだな。でもさ、星加が犯行前にこっそり五〇三号室のスペアキーを盗み出してた可能性もあると思うんだ」

「そうですね、確かに」

　二人は東急田園都市線の下りホームをめざした。町田駅と同じように、奈穂たちは発車直前に電車に飛び込んだ。

　星加は予想通り、つくし野駅で下車した。

　改札を出ると、駅前の不動産屋に入っていった。この近くに自宅アパートを借りるつもりなのか。それだけの金銭的な余裕はないはずだ。

　おそらく星加は里見百合の親類の者だと打ち明けて、五〇三号室のスペアキーかマスターキーを不動産屋から借りるのだろう。奈穂は、そう思った。

　星加は四、五分で外に出てきた。すぐに早足で住宅街を進んだ。二十メートルほど後から月岡たちが尾けていく。

　奈穂と村尾も夜道を歩いた。ほどなく星加が『つくし野パークパレス』の中に消えた。

村尾が暗がりに立ち、刑事用携帯電話（ポリスモード）で今井に経過報告をした。通話は短かった。

月岡と鈴木がマンションのエントランスロビーに走り入った。

「村尾さん、わたしたちはどうします？」

「本庁の二人が五〇三号室の様子をうかがいに行ったんだろう。だから、おれたちは外で待機してたほうがいいと思うよ」

「そうですね」

奈穂たちは、マンションのアプローチを見通せる場所に移動した。

それから間もなく、五〇三号室の窓が明るくなった。星加は、被害者宅で何をする気なのか。

奈穂は考えはじめた。死んだ宝石デザイナーの自宅に何か不都合な物品を置き忘れてきたのだろうか。それを密かに回収する気でいるのか。

星加が真犯人だとしたら、考えられることだろう。里見百合が別人に絞殺されたのだとしたら、星加は加害者を突きとめる手がかりを得ようとしているのかもしれない。

「星加はそれほど親しくない被害者から少し金を借りるつもりで事件当日、このマンションを訪ねたと供述したそうだね？」

村尾が確かめた。

「ええ、そうです」

「常識はずれだよな、そういうことは。どう考えても、厚かまし過ぎる。じゃないか」

「ま、そうですね。やっぱり、星加幹則は被害者の弱みを握ってたんで、当座の生活費ぐらいはせびれると思ったのかしら」

「おそらく、そうなんだろう。もしかしたら、被害者は星加に電話で脅迫されたとき、その内容をこっそり録音してたんじゃないのかな」

「捜査資料として事件現場から固定電話の留守録用マイクロテープを借りてきたけど、セールスマンのメッセージしか録音されてなかったはずです。それから、被害者のスマホにも伝言メッセージは何も残されてなかったわ」

「星加は府中刑務所を出て間もなく、里見宅を訪ねて直に被害者に口止め料めいたものを要求してたのかもしれないな」

「そのときの遣り取りを宝石デザイナーが密かにＩＣレコーダーか何かに収録してた？」

「ああ。女ひとりで生きてきた被害者なら、そのくらいのことは思いつくんじゃないか。いざとなったら、それを切札に使えるんだからさ」

「そうですね。ひょっとしたら、里見百合は星加幹則が訪ねてくる前に居間のどこかにビデオカメラを仕掛けておいたのかもしれませんね」

「それ、考えられるね。音声と画像で星加の恐喝の事実を記録しておけば、二度三度と金を毟られる心配はなくなる」

「ええ、そうですね」

「星加は自分がこっそりビデオ撮影されてたかもしれないと思い当たって、危いビデオを回収する気になったんじゃないのかな」

「そういう可能性もあるでしょうね」

奈穂は消極的な肯定しかできなかった。推測の域を出ていない事柄だったからだ。

数分後、五階の歩廊から男たちの喚き声が響いてきた。

言い争っているのは星加と月岡だった。耳をそばだてると、鈴木刑事の怒鳴り声も聞こえた。

「何か揉めてるようだな。行ってみよう」

村尾が促した。

奈穂は村尾と肩を並べて、『つくし野パークパレス』の表玄関に向かった。

エレベーターで、五階に上がる。五〇三号室の前には、星加、月岡、鈴木の三人がいた。

「どうされたんです?」

村尾が月岡に声をかけた。

「星加が住居侵入罪に触れるかもしれないんで、任意同行を求めたんだよ。そしたらな、兄嫁の代理として部屋の荷物の量を調べに来たと言い訳したんだ」

「そうですか。星加さんは駅前の不動産屋で五〇三号室の合鍵を借りたようですから、住居侵入罪にはならないでしょ？」

「おまえ、誰に向かって物を言ってるんだっ。おれは本社の人間なんだぞ」

「わかってますよ。しかし、星加さんはマンションの管理を任されてる不動産屋の許可を得たわけですから、別に法律は破ってないはずです」

「わたしも、そう思います」

奈穂は同調した。すると、月岡が色をなした。

「そっちの職階は？」

「まだ巡査です」

「おれは警部補だ。格下の分際で粋がるんじゃないよ」

「別に粋がったわけではありません。星加さんが五〇三号室に入ったことは別に法律違反じゃないと思ったかち、そのことをストレートに申し上げたんです」

「おまえらは引っ込んでろ！　捜査の基本もわかってない連中にうろつかれるのは迷惑だ」

「捜査の基本ぐらいは心得ているつもりです」

奈穂は言い返した。

「一丁前のことを言うな。おまえら二人は一応、追尾班だろうが。それなのに、対象者の前にのこのこと現われやがって」

「それは月岡さんたちに何か危険が迫ったかもしれないと判断したから、この階まで上がってきたんです。捜査の心得を知らなかったわけではありません」

「屁理屈を言うなっ。とにかく、目障りなんだよ。おまえら二人は署に戻れ！」

「わたしたちは半沢係長の指示で動いてるんです。あなたは直属の上司ではありませんへ」

「捜査本部事件の指揮官は本庁の須貝警視だ。おれは警視の直属の部下なんだぞ」

「星加さんを半ば強引に同行させるおつもりなんではありませんか？」

「そんなことはしないよ。ここで、事情聴取するだけだ」

月岡が言った。そのとき、村尾が星加に声をかけた。

「五〇三号室に入った真の目的を教えてください。荷物の量をチェックしに来たんではなく、何か不都合な物を回収したかったんでしょ？」

「不都合な物？」

「ええ、そうです。たとえば、ビデオとか……」

「違うよ」

「あなたは被害者の秘密を何か握ってたんじゃないんですか？」

「村尾、われわれを差しおいて、どういうつもりなんだっ。早く引き揚げろ！」

月岡が、星加の言葉を遮って怒声を張り上げた。

とりあえず、この場から離れたほうがよさそうだ。

奈穂は村尾の上着の袖を引っ張った。村尾が目顔でうなずき、月岡と鈴木に軽く頭を下げた。

奈穂も本庁の刑事たちに目礼し、村尾とともにエレベーター乗り場に足を向けた。

マンションの外に出ると、村尾が路上に落ちた空のペットボトルを思うさま蹴った。

「本庁の奴ら、おれたちを田舎侍扱いしやがって」

「月岡さんは小物だから、自分を大きく見せたいんですよ。そう思えば、それほど頭にこないでしょ？」

「とか言ってるが、伊織もかなり怒ってたじゃないか。女があそこまで反論したんだから、たいしたもんだよ。おれ、ちょっぴり伊織を尊敬しはじめてるんだ」

「からかわないでください。そんなことよりも、半沢係長の指示を仰がないとね」

奈穂は刑事用携帯電話を取り出し、すぐに上司の短縮番号を押した。電話はツーコールで繋がった。

奈穂は経過を伝え、指示を仰いだ。

「そういうことなら、二人とも署に戻ってこい」

「わかりました」

「月岡刑事が星加を緊急逮捕することはないだろう。尾行されてたことを知った星加も今夜は、妙な動きはしないはずだ」

「そうでしょうね」

「だから、そっちと村尾が尾行できなくなっても、どうってことないよ。生田の実家と昔の彼女のアパートには、別の班が張りついてるからな」

「そうですね。すぐ署に戻ります」

奈穂は村尾と最寄り駅に向かった。

長津田駅で横浜線に乗り換え、数十分後に町田駅前に戻る。覆面パトカーは駐めた場所にあった。当然、路上駐車違反のチェックを受けただろう。しかし、係員はすぐに覆面パトカーとわかったはずだ。

村尾の運転で、二人は職場に戻った。

3

何かが狂いはじめているのか。

半沢は溜息をついた。覆面パトカーの運転席だ。隣の助手席には、部下の奈穂が坐

っている。車は『つくし野パークパレス』の前に停めてあった。本庁の月岡と鈴木刑事が事情聴取
　昨夜、泳がせた星加の消息は不明のままだった。本庁の月岡と鈴木刑事が事情聴取した後、星加を尾行した。

　しかし、途中で対象者を見失ってしまったのだ。星加は実家にも、持田ひとみのアパートにも近づかなかった。前夜は、どこかのカプセルホテルにでも泊まったのかもしれない。

「親方、星加の義姉の千枝さんは被害者の遺族が対象者に五〇三号室の荷物の量を調べてほしいと頼んだ事実はないと電話で言い切ったんですね？」

　奈穂が問いかけてきた。

「ああ。それから、彼女自身も星加にそういうことを頼んでないと明言してたよ」

「それなら、やっぱり星加は自分にとって不都合な物を回収するつもりで、不動産屋から五〇三号室のスペアキーを借りて……」

「そう思ってもいいだろうな」

　半沢は言って、ルームミラーとドアミラーに目をやった。

　二人は午後一時にマンションの前で星加千枝と落ち合うことになっていた。千枝に立ち合ってもらって、被害者宅を検べる予定だった。あと七分で、約束の時刻になる。

　午後一時ぎりぎりに星加千枝がやってきた。不動産屋から走ってきたらしく、肩で

息をしている。

半沢は車を降り、星加の義姉を犒った。

「ご協力に感謝します」

「いいえ。夫の弟がわたしの従妹の百合を何かで脅迫してたのかもしれないという話をうかがっても一瞬、意味がわかりませんでした」

「そうでしょうね。ただ、まだ断定はできないんですよ」

「百合の部屋に脅迫テープやビデオがないことを祈りたいわ」

千枝がそう言い、スカイラインから降りた奈穂に会釈した。奈穂も目礼した。

半沢たち三人は『つくし野パークパレス』のエントランスロビーに入り、エレベーターで五階に上がった。

千枝が不動産屋から借りてきたスペアキーで、五〇三号室のドアロックを解除した。そのまま彼女は先に室内に入った。

半沢たちも靴を脱いだ。

2LDKの部屋の空気は澱んでいた。千枝が各室のサッシ戸や窓を次々に開け放つ。

半沢は白い布手袋を嵌めながら、奈穂に顔を向けた。

「そっちは寝室をチェックしてくれ。こっちは居間と和室を検べる」

「了解！」

奈穂がベッドのある洋室に足を踏み入れた。寝室はリビングの右側にある。十二畳ほどの広さだった。ベッドはシングルだ。

「どこを検べてもらってもかまいませんから……」

千枝が言った。

半沢はうなずき、居間の隅々までチェックしはじめた。リビングボードや大型テレビの裏側を覗き、デザイン用デスクの引き出しもことごとく開けた。だが、何も見つからなかった。

半沢は、居間の左側にある八畳の和室に移った。

和箪笥の中をチェックし、鏡台の引き出しも開けてみた。押入れの中にも首を突っ込んだ。しかし、探し物は見つからなかった。居間に戻る。

「半沢係長、ちょっと来てもらえますか」

寝室で、奈穂が声をあげた。半沢は寝室に入った。

「何か見つかったのか？」

「はい。この超小型ＩＣレコーダーがチェストの中のパンティーストッキングの中に隠されてました」

「音声を再生してみてくれ」

「はい」

奈穂がICレコーダーを操作する。ほどなく男女の会話が流れてきた。

——こんな所に呼び出して、悪かったね。人に話を聞かれたくなかったので、この公園に来てもらったんだよ。

——星加さん、ご用件を早くおっしゃってください。わたし、夕方、日本橋のクライアントにデザイン画を見せにいかなきゃならないんです。

——ジュエリーデザイナーとして、だいぶ活躍されてるようだね。実はさ、仮出所した翌々日、ちょっと里見さんを尾行させてもらったんだ。四年ぐらい前に下北沢から現在のマンションに引っ越したことは、兄貴の嫁さんから探り出したんだよ。

——なぜ、わたしを尾けたりしたんです？

——それはね、きみの暮らし向きを知りたかったからさ。宝石デザイナーとして頑張ってるみたいだし、五十歳前後のスポンサーもいるようだから、経済的には豊かなんでしょ？

——世話になってる男性なんかいません。

——おれは見届けたんだよ、きみが五十年配の男と銀座の有名レストランで食事をした後、一流ホテルの一室に入ったのをね。当然、あの彼は所帯持ちでしょ？

——答えたくありません。

——ま、いいや。不倫のことで、別に口止め料を出せなんて言わないよ。

——目的は何なんです？

——悪いことはできないもんだな。七年前の九月三日の夜、おれは下北沢の裏通りで里見さんを見かけたんだよ。小雨が降ってた晩だった。きみはおれに気づかないで、自分のアパートに急いでた。

——ストーカーみたいに、わたしを尾行してたんですか⁉

——それは誤解だよ。おれはあの日、高額物件を売って会社の連中と下北沢で祝杯を上げてたんだ。その後、仕上げの一杯を飲もうと思って、ひとりで別の酒場に向かってたんだよ。きみとは二度しか会ってないけど、女優並の美人だから、すぐにわかった。

——話をつづけてください。

——きみは酔った初老の男に路上でしつこく言い寄られたね。きみは後ずさって、手にしていた雨傘（あまがさ）を突き出した。傘の先は相手の左目に突き刺さった。きみはびっくりして、逃げ去ったよな。

——えっ⁉

——おそらく犯意はなかったんだろう。しかし、傘の先は男の脳まで達し、そいつは死んでしまった。その事件をテレビニュースで知ったのは翌日のことだった。きみは義姉の従妹だ。警察に余計なことは喋らなかったよ。そのおかげで、あの事件は迷宮入りになったわけだ。

——わたし、自分の身を護ろうとしただけなんです。

——それは、その通りだろうな。しかし、きみは過失傷害致死罪に問われる。おれが警察に密告すればね。仮出所したばかりで、金に困ってるんだよ。六年前に大変な事件を引き起こしたんで、身内に泣きつくこともできない。で、きみに三百万、いや、五百万円ほどカンパしてもらおうと思ったわけさ。

——そんな大金は、とても無理です。二、三十万なら、なんとか用意できますけど。

——つき合ってる男に相談してみてくれないか。こちらの要求に応じなかったら、きみは刑務所行きだぜ。服刑生活は地獄だよ。同じ房の者に厭がらせをされるだけじゃないんだ。刑務官にも、いじめられる。本当に辛いんだ。

——百万ぐらいで勘弁してもらえませんか。

——出し惜しみすると、きみの人生は破滅することになるよ。それでもいいの？

——それは困ります。少し時間をください。

——何日ぐらい待てばいい？

——三日だけ待ってください。

——当座の生活費を工面しないと、動きようがないからな。たったの五百万で、人殺しの罪を背負わなくても済むんだ。きみにとっても、いい取引だと思うがな。

――あのう、五百万を払ったら、誓約書を貰えますか。

――これっきりだと書けばいいいんだな？

――はい。

――ああ、いいとも。おれも男だ。何度も金をせびったりしないさ。三日後に連絡する。もう帰ってもいいよ。

――はい。

音声が熄んだ。

「やっぱり、おれの読み筋通りだったな」

半沢は呟いた。

「被害者の里見百合は結局、五百万円の口止め料を星加幹則に払わなかった。それで星加は怒って、百合を絞殺したんですかね。そして、六年前の件で逆恨みしてた半沢係長の犯行と見せかけようとしたのかしら？」

「何か事情があって、百合が星加に金を渡さなかったことは間違いなさそうだな。しかし、それで星加が逆上して宝石デザイナーを殺害したのかどうか」

「事件当日の午後四時過ぎに星加がこの部屋から出ていく姿を隣室の主婦が目撃して

るわけですから、被害者を殺したのは彼と考えてもいいいんじゃないんですか？」

「そうなんだが、こっちはどうもすっきりしないいんだよ」

「どんな点がですか？」

「星加が百合を殺害したら、平気で昨夜（ゆうべ）、五〇三号室に入れたろうか。殺人犯が事件現場のことが気になって、後日、様子をうかがいに訪れるケースは少なくない。しかし、それは犯行現場が戸外の場合が多いんだよ。室内に足を踏み入れることは珍しいんだ」

「そうなんですか。部屋とか車の中だと、犯行シーンをもろに思い出してしまうからなんでしょうね」

「ああ、そうなんだろう。このＩＣレコーダーが警察の手に渡ったら、星加は恐喝未遂容疑で起訴されてしまう。仮出所の身だから、未遂でも実刑判決が下るにちがいない」

「星加はそれを避けたくて、不動産屋でスペアキーを借り、きのうの夜、この部屋に入ったんでしょうか？」

「そうなのかもしれない。しかし、あいにく自分にとって不都合な物は見つからなかった。そう考えると、なんとなく腑（ふ）に落ちる」

「そうなんですかね」

奈穂は判断に迷っている様子だった。

「何か手がかりを得られました？」

寝室のドアの向こうで、千枝が問いかけてきた。半沢はＩＣレコーダーを発見したことを告げ、星加の兄嫁に義弟と百合の遣り取りを聴かせた。

「夫の弟が百合を強請ってたなんて、とても信じられません。それ以前に、わたしの従妹が七年前の九月に酔っぱらいの片目を雨傘の先で突き刺してしまったという話は事実なんでしょうか？」

「そういう事件があったかどうか、後で確認します。それはそうと、ＩＣレコーダーを捜査資料として、しばらくお借りしたいんですよ」

「ええ、どうぞ。浜松の実家の者には、わたしから、そのことを伝えておきます」

「よろしくお願いします」

「義弟が百合を殺したんだとしたら、わたしの夫や義母はもっと肩身の狭い思いをさせられるんですね。このわたしだって、白い目で見られるでしょう。ああ、もう生田の家には住めなくなるのね」

千枝が取り乱した。

「まだご主人の弟が犯人だと決まったわけではありません」

「でも、義弟は百合から五百万を脅し取る気でいたんですよね。どっちにしても、夫の弟はまた警察の厄介になるわけでしょ？」

「ええ、多分ね」

「なんてことなのかしら。きっと星加家は呪われてるにちがいないわ」

「われわれは、これで失礼します」

半沢は千枝に感謝して、奈穂と一緒に五〇三号室を出た。

覆面パトカーの運転席に入り、北沢署に電話で事件照会をしてみる。

七年前の九月の事件は、実際に起こっていた。死んだ五十八歳の男は世田谷区内に住む自営業者だった。未だに犯人が逮捕されていないことも確認できた。

半沢は、そのことを奈穂に語った。

「仮出所したばかりの星加は少しまとまったお金が欲しかったんでしょうけど、ばかだわ」

「そうだな。人間って奴は、愚かなことを繰り返すものなんだよ」

「それにしても……」

奈穂が口を噤んだ。半沢は刑事用携帯電話を上着の内ポケットに戻した。数秒後、着信音が鳴った。

ポリスモードを耳に当てると、中年男性が重々しく告げた。

「こちら、川崎市多摩区の麻生署です。半沢望君のお父さんですね？」

「はい。息子がバイク事故でも起こしたんでしょうか?」

「いいえ、銃刀法違反で数十分前に現行犯逮捕したんです。バッグの中に、刃渡り十五センチのサバイバルナイフを隠し持ってたんですよ」

「何かの間違いでしょ? 望は、もう二十三なんです」

「誤認逮捕ではありません。あなたがわれわれと同業者ということなんで、副署長と相談して、特別に被疑者との接見を認めることにしたんですよ。すぐに来ていただけますか?」

「三十分かそこらでうかがえると思います。失礼ですが、あなたのお名前は?」

「生活安全課の勝又元晴です。お待ちしています」

「必ずうかがいます」

半沢は電話を切って、奈穂に次男が逮捕されたことを話した。

「もしかしたら、また星加が息子さんを陥れたんじゃないのかしら?」

「そうなのかもしれないな」

「なんて卑劣なことを……」

奈穂がわがことのように憤った。

半沢は覆面パトカーを急発進させ、奈穂を署まで送ってから麻生署に向かった。麻生署は小田急線の新百合ヶ丘駅の近くにあり、鶴川街道に面している。

三十分弱で、目的の所轄署に着いた。

半沢は生活安全課に駆け込んだ。勝又は五十絡みで、課長だった。望は隅の机の前に坐らされていた。

「同業者の息子さんなんで、手錠は外しておきました。それから、取調室には入れませんでした。このフロアの会議室で、聴取したんですよ」

「そうですか」

半沢は勝又に言って、次男に歩み寄った。

「心配かけて、ごめん。おれ、誰かに嵌められたんだと思う。映画学校の友達と新百合ヶ丘のラーメン屋で東京ラーメンを喰ってたら、二人の制服警官が店に入ってきて、唐突におれのバッグの中身を見せてくれと言ったんだよ。驚いたことに、バッグの中にはサバイバルナイフが入ってた。もちろん、おれの物じゃない。誰かが、こっそりとおれのバッグに刃物を入れたんだろう」

「バッグは、どこに置いたんだ？」

「すぐ後ろのテーブル席の椅子の上だよ。おれと友達はカウンターに並んで腰かけてたんだ」

「店内に不審者は？」

「いたよ。おれたちの後から店に入ってきた三十八、九の細目の男が通路に立って、長いこと壁のメニューを見てたんだ」

「そいつは、おまえのバッグのすぐそばに立ってたんだな？」

「そう。多分、あの男がおれのバッグの中にサバイバルナイフをわざと入れたんだと思うよ」

　望が答えた。

「どうやら先日、薫を嵌めた奴がおまえを犯罪者に仕立てようとしたようだな」

「そいつは誰なの？」

「後で教えてやる」

　半沢は望に言って、勝又に顔を向けた。

「匿名の密告電話があって、ラーメン屋に署員が向かったんでしょ？」

「ええ、そうです。四十年配の男の声で、サバイバルナイフをバッグに忍ばせてる映画学校の学生がラーメン屋にいると……」

「そいつは、先日、わたしの長男も陥れようとした男だと思います」

「詳しい話を聞かせてください」

　勝又が促した。半沢は星加の氏名を伏せて、これまでの経過を語った。

「その男の氏名、生年月日、本籍地を教えてください」

「それはできません。その男が現在、捜査中の捜査本部事件に関与してる疑いが濃いんです」

「警視庁は神奈川県警にいつも非協力的だから、マスコミに犬猿の仲だと書きたてられたりするんですよ。事実、あまり仲はよくありませんがね」

「押収したサバイバルナイフに指紋や掌紋は？」

「まったく付着してませんでした」

「それなら、押収品を息子が所持してたことは立証できないんですね？」

「それはそうだが、押収したバッグは息子さんの物とわかってる。本人が認めてますんでね。副署長は望君を横浜地検に送致しろと言ってるんです」

「それは困る。誤認逮捕でしょ？　不当逮捕とも言えるね」

「わが子を庇いたい気持ちはわかるが、過保護はいけないな」

「本事案を地検送りにする気なら、こっちも引き下がりませんよ」

「ど、どうするつもりなんです？」

「毎朝日報東京本社の社会部の部長は、大学のゼミで一緒だったんです。その彼に電話をして、わたしの次男が濡衣を着せられたまま、横浜地検に送致されかけてることを訴えます。マスコミは、誤認逮捕や不当逮捕には関心を示すにちがいない」

「本気なんですか!?」

勝又が声を裏返らせた。

「もちろん、本気です」

「ナイフが息子さんの物と立証されたら、あなたが大恥をかくことになりますよ。それでもいいのかな」

「わたしは、自分の子を信じてます。望の話は事実だと確信してます」

半沢は懐から私物のスマートフォンを取り出した。

「ちょっと待ってください」

「息子を無罪放免にしてくれるんですね？」

「わたしの一存では決められませんので、副署長に相談してみます」

勝又が近くの机に歩み寄り、内線電話をかけた。電話の遣り取りは三分ほどで終わった。

「副署長はどう言ってます？」

「おそらく息子さんは罠に嵌まったんだろうから、放免するようにとのことでした」

「そうですか」

「その代わりですね、あなたのご子息たちを陥れようとした男のことを教えてくださいよ」

「それはできないと申し上げたはずです。なんなら、新聞社に電話をかけましょうか」

半沢は懐を探る真似をした。

「あなたには負けました。息子さんと一緒にお引き取りください」

「そうさせてもらいます」

「きみを犯罪者扱いして、済まなかったね」

勝又が望に謝罪した。望が晴れやかな表情で、椅子から勢いよく立ち上がった。

半沢は出入口に足を向けた。

4

上司が麻生署から戻ってきた。

午後四時過ぎだった。半沢係長の表情は明るかった。息子絡みの心配はなくなったようだ。

奈穂はひと安心し、椅子から立ち上がった。

「お帰りなさい。次男の望さんの件は、どうなりました？」

「無罪放免になったよ。望のバッグの中にこっそりサバイバルナイフを入れて、麻生署に密告電話をかけたのは星加なのかもしれないな」

半沢が小声で答えた。

「だとしたら、星加はまだ親方を逆恨みしてて、長男につづいて次男も犯罪者に仕立てようとしたんですね」

「おそらくな」

「どこまで陰険な奴なのかしら。息子さんたちが星加に嵌められたことを立証して、逮捕状を裁判所に請求すべきなんじゃないですか」

「別件で星加を引っ張るのは気が進まないんだ」

「それなら、里見百合のマンションで見つけたICレコーダーの音声から、恐喝未遂容疑でいけるんじゃないですか？」

「そうだな。とにかく、ICレコーダーの件を小杉課長に報告しておこう」

「そのほうがいいと思います」

奈穂は自席についた。半沢が大股で課長席に歩み寄った。

強行犯係には、奈穂のほかには中継役の今井しかいなかった。ほかのメンバーは星加の実家、持田ひとみの自宅アパート、勤め先に張り込んでいた。

課長席からICレコーダーの音声が響いてきた。

「被害者宅にあったというICレコーダーだね？」

今井が低い声で奈穂に訊いた。

「ええ、そうです」

「録音内容が伊織の言ってた通りだったら、星加を恐喝未遂容疑で引っ張れる。奴をいつまでも泳がせておくよりも、まずは身柄(ガラ)を押さえるべきかもしれないな」

「小杉課長はどう判断されるつもりなんでしょう？」

「多分、課長は恐喝未遂容疑で星加をしょっ引く気になると思うよ」

「かもしれませんね」

「ＩＣレコーダーの音声を聴かせれば、星加は観念して美人宝石デザイナー殺しを認めるだろう」

「今井さんは、本事案の加害者は星加幹則と思ってるんですか？」

　奈穂は訊いた。

「事件当日の午後四時過ぎに星加は里見百合の部屋から出てくるところをマンションの入居者に見られてる」

「ええ、そうですね」

「それだけじゃなく、ＩＣレコーダーで星加が被害者から金を脅し取ろうとしてたこともはっきりしたわけだ。それだけの証拠があるんだから、星加の犯行と考えてもいいだろうな」

　今井が言って、空豆に似た顔を課長席に向けた。釣られて奈穂は同じ方向を見た。

　小杉課長は前屈(まえかが)みになって、ＩＣレコーダーの音声に耳をそばだてている。半沢係長は課長席の前に立ち、腕組みをしていた。

「星加が真犯人なんですかね？」

「異論があるようだな、伊織は」

　今井が問いかけてきた。

「ええ、ちょっと。親方名義の偽警察手帳のことが引っかかるんですよ。それには、星加の指紋と掌紋が付着してました」

「そうだったな」

「星加が里見百合を結束バンドで絞殺したんだとしたら、あまりにも無防備ですよね。わざわざ自分に疑いがかかるような遺留品を死体のそばに落としてますから」

「星加は、すでに強盗殺人罪で六年も服役してる。傷害や窃盗で刑務所に送られても、まだ人生をやり直せるチャンスはある。しかし、元殺人犯となったら、そう簡単には社会復帰できるもんじゃない」

「いろいろハンディはあるでしょうね。働き口を見つけるのに苦労するでしょうし、前科を隠さなければ、アパートも借りられないかもしれません」

「そうだな。仕事が見つかったとしても、それは誰にでもできるような単純作業に限られるはずだ。商品の仕分けとか清掃とかね。星加は有名私大を出て、大手不動産会社で働いてた男だ。プライドは高いにちがいない」

「でしょうね。だから、単純な肉体労働には耐えられないだろうってことでしょ？」

「ああ。元殺人犯の前途に明るいものは何もない。そんなことで、星加は投げ遣りな気持ちになってるんじゃないかな。それで、また人を殺してしまった。もうどうなってもかまわないと思ったんだろう。しかし、六年前に自分を逮捕った半沢係長が人生を狂わせたと長いこと逆恨みしてたんで、奴はなんとか親方を困らせてやりたいと考えたんだろうね」

「そうなんでしょうか」

「それで、偽造警察手帳に自分の指紋や掌紋が付くことも気にかけなかった。ほんの一時でも、半沢係長を慌てさせたかっただけなんじゃないのかな」

「係長の息子さんたちに罠を仕掛けたのも、単に狼狽させたかっただけなんでしょうか？」

「そうなんだろうな」

「今井さんの言う通りだったとしたら、星加はまた刑務所に入れられてもいいやという気持ちで、兄嫁の従妹を殺害してしまったんですかね」

奈穂は言った。

「被害者がすんなり五百万の口止め料を出したら、しばらく金蔓にする気でいたんだと思うよ。しかし、百合は何らかの理由で金を星加に渡さなかった」

「そのことに腹を立て、星加は被害者を殺してしまったのかしら？　そんな短気を起こしたら、損だとわかってるのに」

「星加は何もかも面倒になって、刑務所に逆戻りしてもいいと投げ遣りになったんだろうな」

「今井さん、ちょっと待ってください。そうだとしたら、星加はあっさり百合殺しを認めるんではありませんか。だけど、彼は強く否認してます。話に矛盾があるとは思いませんか？」

「星加は捜査員たちを翻弄して、暗い愉悦を味わいたいと思ってるんじゃないのかな。だからさ、わざと犯行を認めないんだろう。ま、一種の厭がらせだね」

今井が苦く笑って、冷えた日本茶を喉に流し込んだ。

「そうなんですかね。これから話すことは単なる推測なんですけど、星加は被害者の百合から五百万を脅し取るのは難しいと考え、彼女のスポンサーを突きとめて、その男性から口止め料を脅し取ろうとしたんじゃないのかな」

「星加は、どうやって宝石デザイナーの彼氏を突きとめたんだい？」

「百合の七年前の弱みをちらつかせて、彼女に交際相手の名を言わせたのかもしれませんね」

「なるほど、それは考えられるな」

「被害者の彼氏は既婚者で、高い社会的地位を得てる。いわば、成功者なんでしょう。

そうした男性たちは極端にスキャンダルを恐れるんじゃないのかしら？」

「そうかもしれないな。しかし、何かで成功した男たちの多くは女性関係が派手だ。愛人を囲ってるケースも珍しくない。愛人がいることが仮に発覚しても、家庭不和を招くぐらいで、本人が社会的な信用をすっかり失うなんてことはないだろう。昔は、浮気は男の甲斐性(かいしょう)だなんて言われたぐらいだからさ」

「それは、はるか昔のことでしょ？　女性関係のスキャンダルだって、ダメージは大きいと思います」

「少しはイメージダウンになるだろうね。だからって、その男の人生がボロボロになるなんてことはないと思うよ。それに成功者なら、自分の女性スキャンダルを揉み消すだけの力も持ってるな」

「そう言われると、自信がぐらつきます。大物政治家や財界人たちは愛人を囲っていても、それが表面化することは確かに少ないですよね。ゴシップ週刊誌に女性関係のスキャンダルがスクープされても、当の大物が社会的に抹殺(まっさつ)されるなんてことは……」

「まず、ないだろう。汚職スキャンダルで政治家なんかが失脚(しっきゃく)するケースは多いけどな」

「そうですね。もしかしたら、星加は百合の不倫相手の収賄(しゅうわい)の事実を摑んで、そのことを恐喝材料にしたのかもしれません。その彼氏は愛人の百合から自分の不正が洩れることを恐れて、犯罪のプロに彼女を始末させたんじゃないのかな」

「遺留品の偽造警察手帳のことは、どう説明する？」

「星加は口止め料を毟り取ろうとして、被害者の自宅マンションを訪れた。すると、居間に百合の絞殺体が転がってた。そこで星加はいつか半沢係長を陥れる目的で持ち歩いてた例の偽造警察手帳を死体のそばに落とし、五〇三号室から立ち去った。そういうストーリーは成り立つんじゃありませんか」

奈穂は今井の顔をうかがった。

「話としては面白いよな。しかし、仮出所して間もない星加が短期間に百合の不倫相手の致命的な不正を暴くなんて芸当はできないよ。奴が名刑事か敏腕の事件記者なら、話は別だがね」

「元不動産会社の営業マンには、とても無理でしょうか？」

「絶対に無理さ。百合は、星加に殺されたんだと思うな」

「親方も、星加が真犯人とは考えてないような節があるんですけどね」

「そうなのか。それは知らなかったな。うちの親方は捜査には慎重な面があるから、みんながクロだと判じても、いつもすぐには同調しないんだ」

「ええ、そうみたいですね」

「しかし、本件の場合は星加が犯行（ヤマ）を踏んだんだろうな」

今井がそう言って、机上の書類に目を落とした。奈穂も口を閉じ、頭の中でこれまでの捜査でわかった事柄をもう一度整理しはじめた。

それから数分が過ぎたころ、半沢と小杉課長が連れだって近づいてきた。小杉課長はＩＣレコーダーを手にしていた。

「課長と捜査本部に行ってくる」

半沢が今井刑事に告げた。

「星加を恐喝未遂容疑で引っ張るんですね？」

「本庁の須貝管理官に指示を仰ぐことになったんだが、多分、そうなるだろうな」

「そうですか」

「張り込み班が星加の所在を掴んだという連絡があったら、すぐ教えてくれ」

「了解！」

今井が短く返事をした。

半沢と小杉課長が刑事課を出ていった。

「星加は、どこに潜伏してるんでしょう？」

奈穂は今井に話しかけた。

「さあ、どこにいるのかな。どこに身を潜（ひそ）めてるにしろ、やがて所持金は尽（つ）きるだろう。そうなったら、実家の母親か元彼女の持田ひとみを頼るほかない」

「星加が自暴自棄になってるとしたら、コンビニに押し入って、売上金を強奪する可能性もあるんじゃありませんか？　六年前、彼は強盗殺人をやってるわけですから」

「その種の犯行は踏まないだろう。一度失敗して、手錠を打たれてるからな」

「あっ、そうですね。それじゃ、路上で恐喝をやって、当座の生活費を稼ぐ気なんでしょうか？」

「そういうケチな犯罪には走らないだろう。星加はチンピラだったわけじゃないからな」

「だとしたら、やっぱり母親か昔の彼女に無心する気なんでしょうか？」

「そうだと思うよ。張り込み班が根気よく粘ってれば、そのうち星加は必ず網に引っかかるさ」

今井が言って、また緑茶を飲んだ。話が途絶えた。

半沢と小杉課長が刑事課に戻ってきたのは、およそ二十分後だった。

「星加を恐喝未遂容疑で逮捕することになった」

小杉がどちらにともなく言った。すぐに今井が口を開いた。

「身柄を押さえてしまえば、星加はすぐ落ちるでしょう。全面自供するんじゃないですか、捕まえた日のうちに」

「そうだといいんだがね」

「少し楽観的かもしれないな、二人とも」

半沢が会話に割り込んだ。小杉課長が訝(いぶか)しそうに半沢の顔を見た。

「星加は真犯人(ホンボシ)じゃないと見てるのかな？」

「あるいはね」

「星加が加害者じゃないとしたら、いったい誰が里見百合を殺害したと考えてるんです？」

「それは、まだわかりません。ただ、刑事(デカ)の勘では星加はシロっぽいんですよ。わたし名義の偽造警察手帳の件もそうですが、彼が里見百合を殺害する動機が稀薄(きはく)だと思うんです」

「被害者(マルガイ)が五百万をすんなりと出さなかったんで、星加は頭にきたんだろう」

「星加は、わたしに刑務所暮らしの辛さを切々と訴えてたんです。そんな彼が激昂(げっこう)したからって、殺人に及ぶとは思えないんだな」

「それもそうだね」

「昔から犯罪の三大動機は色欲、金銭欲、怨恨(えんこん)と言われてきました。時代の移り変わりにつれて、ほかの要素も加味されるようになりましたが、基本は大きく変化してないでしょう」

「だろうな」

「三大動機を考えますと、星加が里見百合を殺害しなければならない理由がないんですよ。それに、金銭的にはメリットがないわけです」

「ああ、そうだね。しかし、どう考えても星加が怪しいんだよな」

　小杉課長はそう呟きながら、自席に足を向けた。

　半沢が自分の椅子に腰かけ、湯吞み茶碗を覗いた。空だった。

　熱い茶を淹れることにした。

　奈穂は立ち上がって、ポットや茶筒の載ったワゴンに歩み寄った。急須を持って、小杉、半沢、今井の順に茶を注いで回る。ついでに、自分の分も淹れた。

　それから長い時間が過ぎ去った。

　星加の実家近くの路上で草刈が被疑者の身柄を確保したという報告が強行犯係に入ったのは、午後八時過ぎだった。

「草刈の奴、やってくれたな。本社の連中はさぞ悔しがってるだろう」

　今井が嬉しそうに言って、受話器をフックに返した。

　奈穂は相槌を打ちながら、かたわらの半沢の横顔を見た。明らかに困惑顔だった。

　半沢は、星加をクロとは思っていないようだ。

　奈穂は、そう感じた。

第四章　意外な疑惑接点

1

再生ボタンを押す。

すぐにＩＣレコーダーから音声が流れてきた。星加と百合の会話だ。

半沢は、向かい合った星加の顔を見た。驚きの表情は隠しきれない。

署の刑事課の取調室２だ。午後八時半を回ったばかりだった。隅の机には、草刈が向かっていた。

やがて、音声が途絶えた。半沢はＩＣレコーダーのスイッチを切った。

「ＩＣレコーダーは、どこにあったんです？」

星加が震え声で問いかけてきた。顔面蒼白だった。

「里見百合の自宅マンションだよ。ちょっと見つけにくい場所に隠してあった。そっちが法外な要求をしてきたときに切札に使うつもりだったんだろう」

「まいったな」

「七年前の事件のことは所轄署で確認した。いまも犯人は検挙られてないそうだ。百合が七年前の九月三日の夜、過失で五十八歳の自営業者を死なせてしまったことは事実だったんだろう」

「………」

「なぜ、黙り込んでしまったんだ？　うなずいたら、恐喝未遂容疑で地検に送致されると思ったのか。仮に黙秘しつづけても、そっちはいずれ起訴されることになるさ。百合を強請ったときの音声がクリアに録音されてるわけだからな」

「確か裁判ではICレコーダーの音声は決め手にはならないはずですよ」

「決め手にはならなくても、傍証にはなる。星加、もう楽になれよ。空とぼけられる段階じゃないんだから」

「………」

「おまえ、六年も服役したのに、ちっとも更生してないじゃないか。腐った性根は、直しようがないようだな」

草刈が上体を捻って、星加に言った。

「わたしよりも年下のくせに、偉そうなことを言うな。おたく、そんなに偉いのかっ」

「人生につまずいたからって、それを他者のせいにするのは卑怯だな」

半沢は気色ばみかけた草刈を目でなだめ、星加に語りかけた。

「唐突に何なんです?」

「六年前、そっちを逮捕したのはこのおれだ。刑事を逆恨みするのは、人間として恥ずかしいことだろうが。ついでに、こっちの息子たちを犯罪者に仕立てようと謀るなんて最低だな」

「………」

「坊主憎けりゃ、なんとかってことなんだろうが、みっともない話だな。息子の薫と望を嵌めたのはそっちなんだろっ」

「………」

「星加、答えろ!」

「そうだよ。でもね、二人の息子を本気で犯罪者にできるなんて考えてなかったよ。どちらも容疑が晴れると思ってた。しかし、半沢刑事をうろたえさせることはできる。それに、イメージダウンになるでしょ? それがこちらの狙いだったんだ」

「なんて男なんだ。やることが陰険だな」

「六年も服役してれば、性格も捩曲がってしまいますよ。一度、刑務所に入ってみたら?」

星加が口の端を歪めた。

「笑えない冗談だな。さて、本題に入ろう。七年前の百合の過失傷害致死を種にして、彼女から五百万の口止め料をせしめるつもりでいたことは認めるな？」

「どう答えようかなあ」

「時間稼ぎをしたいんだろうが、それは意味ないぞ」

「ま、そうだろうね。未解決事件のことで百合を脅して、当座の生活費をせびろうとしたんですよ。だけど、百合はいろんな理由をつけて、金の支払い日を延ばし延ばしにした。で、おれは彼女が脅迫されてることを誰かに打ち明けて、何か知恵を授けてもらったなと直感したんですよ」

「それで、そっちは百合の交際相手を突きとめて、その男に口止め料を払わせる気になったんじゃないのか？」

「ええ、まあ。そんなとこで、おれは百合を尾行するようになった。二日目の晩、おれを尾けてる五十男に気づいたんですよ。そいつは尾行に馴れてる様子で、おれが警戒心を強めると、きまって姿を消した」

「で、その男の正体は摑んだのか？」

「いや、わかりませんでした。デジカメを持ってたな。刑事崩れの調査会社の調査員だったのかもしれない」

「そうだったんだろうか」

半沢は、奈穂や森から聞いた不審者のことを思い出した。その五十絡みの男は浜松郊外の火葬場で会葬者の顔を撮っていたらしい。百合の不倫相手に雇われたのだろうか。

「そんなことがあったんで、百合の彼氏捜しは中断せざるを得なくなったんですよ。それから、ちょっと危ない目にも遭ったしね」

「何があったんだ？」

「百合の自宅マンションを張り込んでた晩、無灯火の車に撥ねられそうになったんですよ」

「車種は？」

「黒いレクサスだったね。ナンバープレートの数字は粘着テープで隠されてたから、運転者は故意におれを轢こうとしたんだろうね。運転してたのは、百合の彼氏だったのかもしれないな。あるいは、そいつに雇われた第三者だったとも考えられるな。どっちにしても、轢き殺されたんじゃ、元も子もない。だから、百合にうるさく口止め料を用意しろとは言わなくなったんだ。折を見て、彼女に脅しをかけようとは考えてたけどね。そんな矢先、百合が何者かに絞殺されてしまったんですよ」

「くどいようだが、そっちは彼女を殺してないんだな？」

「何度も同じことを言わせないでほしいな。事件当日、おれは百合に数十万せびるつもりで、『つくし野パークパレス』に行ったんですよ。五〇三号室のドアは施錠されてなかった」

「それだから、勝手に部屋の中に入った？」

「ええ、そうです。居間で倒れてる百合の鼻の下に人差し指を当ててみたら、もう呼吸はしてなかった。その後は、先日話した通りですよ」

「予め用意してあった模造警察手帳を死体の近くに落として、素早く五〇三号室から出たんだな？」

「そうです、そうです。おれは、絶対に百合殺しの犯人なんかじゃありませんよ。考えてみてほしいな。おれが当座の生活費をせびれるのは、百合ひとりしかいなかったんだ。兄貴には縁切り宣言されちゃったし、いまさら母親に泣きつくこともできなかったからね。ひとみだって、経済的なゆとりがあるわけじゃない。百合は、いわば〝貯金箱〟だったんです。そんな大事な相手を殺るわけないでしょうが！　そんなことをしたら、いずれホームレスになるほかないからね」

「そっちの言い分は一応、理にかなってはいる。しかし、百合の引き延ばし作戦に焦れて、殺害する気になる可能性もなくはない」

「やめてくださいよ。おれは、そんなに怒りっぽくないって」

「しかし、六年前は押し入った民家の主に見咎められて、被害者を撲殺してる」

「あのときはパニックに陥ってしまったんですよ。警察に突き出されたら、何もかも終わりになると焦って、凶行に走っちゃったんだ。百合の場合とは、事情や状況がまったく違いますよ」

「ああ、それはな」

「恐喝未遂の件で地検に送られるのは仕方ありません。身に覚えのあることだからね。だけど、百合殺しの罪まで着せられたら、たまりませんよ。だって、おれは彼女を殺ってないんだから」

星加が苛立たしげに叫んだ。すると、草刈がすぐに口を開いた。

「係長はともかく、自分はあんたの言葉を鵜呑みにはしないよ」

「どうしてなんだ？」

「あんたが腹黒い奴だからさ。半沢係長名義の模造警察手帳のこともそうだが、二人の息子さんまで犯罪者に仕立てようと画策した。要するに、腹の中で何を考えてるかわからないタイプなわけだ」

「おれは百合を殺しちゃいない」

「そう言われても、なんか信用できないんだよ」

「それなら、それでもいいさ。どうせ百合の事件で、こっちが地検送りになることはないわけだから」

「さあ、それはどうかな。新たな物証が一つでも出てくれれば、送致は可能になる。解剖所見では、被害者の爪の間からはあんたの表皮も血痕も検出されなかったということになってるが、何か見落としがあったのかもしれない」

「いまの言葉を解剖医が聞いたら、烈火のごとく怒るだろうな。検視官だって、不愉快になるにちがいない」

「あんたがどう言おうと、おれはまだ殺しの疑いがあると思ってる」

「捜査に個人的な感情を挟むのは、よくないいんじゃないの？　そんなことじゃ、名刑事にはなれないよ」

「元強盗殺人犯が偉そうなことを言うんじゃないっ」

「そんなふうにすぐ激するのも、刑事としてはマイナスだと思うな」

「ふざけやがって」

「懲戒免職になってもいいんだったら、おれを殴れよ」

星加が草刈を挑発した。

草刈が勢いよく椅子から立ち上がった。その額には青筋が立っていた。

「冷静になれよ、少しな」

半沢は部下を窘めた。草刈が固めた拳をゆっくりとほどき、回転椅子に腰を落とした。

「それ以上、部下を侮辱したら……」

半沢は見かねて、星加に声をかけた。

「部下に代わって、上司がおれをぶん殴る？　面白い！　やってもらいましょうか」

「早合点するな。そっちの口にガムテープを貼ると言おうとしたんだ」

「それも一種の暴力行為だな。民主警察がそんなことをしたら、やっぱり問題になるでしょ？」

「それなら、得意の親父ギャグを飛ばして、そっちを辟易させてやる」

「それだって、言葉の暴力と言える」

「減らず口をたたくな！」

「わかったよ」

星加が目を伏せた。どうやら気圧されたようだ。

沈黙が落ちた。二分ほど過ぎたとき、取調室に本庁の志賀警部がやってきた。

「半沢警部補、どうなのかな？」

「恐喝未遂については認めました」

半沢は供述内容をかいつまんで伝えた。

「それで、肝心の本事案については？」

「否認してます」

「所轄に手柄を立てさせてやろうと思ってたんだが、予想外に手間取ってるんだな。須貝警視は少し焦れはじめてる。わたしに替わってくれないか」

志賀は半ば命令口調だった。

半沢は席を譲って、草刈の横に立った。志賀が星加の前に坐り、一分ほど睨みつけた。

「三回ほど目を逸らしたね。心証は、やっぱりクロだな。星加、あんまり世話を焼かせるなよ」

「おれは、里見百合を絶対に殺してません」

「だったら、なんで視線を外したんだっ。後ろめたい気持ちがあるから、睨み返してこれなかったんじゃないのか？　心に疚しさがなければ、わたしに抗議の眼差しを向けてくるはずだよ」

「おたくの表情がものすごく怕かったから、なんとなく正視しつづけられなかったんですよ」

星加が反論した。

「いや、そうじゃないな。おまえは後ろ暗さがあるから、長く目を合わせていられなかったんだよ」

「勝手に決めつけないでほしいな。半沢刑事を困らせてやろうと思って、里見百合の部屋に模造警察手帳をわざと落としただけで、殺人事件にはまったく関与してないって」

「一度、殺人で服役してるからな。百合殺しを認めたら、生きては刑務所から出られないと思ってるんだろうな。しかし、模範囚と認められれば、七、八年で仮出所できるかもしれないぞ。現に前の事件で服役したのは、約六年だったじゃないか」

「そんな話はやめてくださいよ。おれは百合を殺してないんですから」

「そんなふうに非協力的だと、自分のためにならないよ。おまえが素直になれば、こちらもそれなりに応えるさ」

志賀が猫撫で声になった。

作戦を変えたようだ。半沢は小さく苦笑した。刑事たちが被疑者を追い込むときによく使うパターンだった。最初は高圧的に出て、相手の反応をうかがう。効果が見られないと、逆になだめすかす。時には、泣き落としを試みる。犯歴のまったくない相手には、それなりの成果を得られる。しかし、累犯者にはほとんど通用しない。

「そんな優しい声を出したって、おれは百合殺しを認めないよ。だって、こちらはシロなんだから。それも真っ白なんだ」

「なめるんじゃない！　おまえには、殺害の動機がある。被害者は五百万円の口止め料を出し渋った。それだから、きさまは腹を立てて、百合を殺した。そうなんじゃないのかっ」

「いいかげんにしてほしいな」

星加が、せせら笑った。と、志賀が正拳を星加の顔面に叩き込む真似をした。

驚いた星加が椅子からのけ反り、床に転げ落ちた。そのまま体を丸め、苦しげに呻きはじめた。

「星加、大丈夫か？」

半沢は走り寄って、被疑者を抱き起こした。

星加は左胸を手で押さえ、目を白黒させている。只事ではなさそうだ。

「救急車を呼んでくれ」

半沢は草刈に言った。草刈が立ち上がって、懐から刑事用携帯電話を取り出した。

「救急車を呼ぶのはまずいな。星加を覆面パトカーに乗せて、中野の東京警察病院に連れていこう」

志賀が草刈に言った。草刈が思案顔を半沢に向けてきた。

「そんな悠長なことは言ってられないでしょうが。すぐに救急車を呼んで、町田市民病院か相模原の北里大学の救急センターに搬送してもらうべきだ」

半沢は志賀に言った。

「まずいよ、それは。星加の顔面に正拳をぶち込んだわけじゃないが、殴る真似をしたことは確かだ。星加に万が一のことがあったら、わたしは責任を問われることになるだろう」

「星加の顔から血の気が引いてる。素人目にも、これはおかしい。ショックによって、不整脈を起こしたのかもしれないいな」

「そうじゃないだろう？　そのうち、星加はしゃんとするさ。だから、もう少し様子を見ることにしよう」

志賀がそう言って、大声で星加に何度も呼びかけた。だが、なんの反応もない。

「親方が言ったように、なんか変だな。やっぱり、救急車を呼びましょう」

草刈が数字キーに目をやった。

「やめろ、やめるんだっ」

「しかし……」

「やめろって！」

志賀が怒鳴り、草刈を肩で弾いた。草刈がよろけた。弾みで、手から刑事用携帯電話が落下した。

志賀が這いつくばって、素早く草刈のポリスモードを拾い上げた。

「志賀さん、自分のポリスモードを返してください」

「返したら、一一九番するんだろ？」

「早く救急車を要請しないと、取り返しがつかなくなるかもしれないんですよ」

「そうはならないさ」

「どうしてそんなふうに言えるんです？」

草刈が詰め寄った。

「人間、びっくりしただけじゃ、死にゃしない」

「去年、予備校生がチンピラ風の二人組に声をかけられただけでショック死したケースが多摩市内であったでしょうが」

「その予備校生は、もともと心臓に疾患があったにちがいない。それに極度に気が弱かったんだろうな。元殺人犯の星加が気弱とは思えないよ。とにかく、一一九番はさせない！」

志賀が草刈のポリスモードを折り畳んでしまった。草刈が驚きの声を洩らした。もう待てない。半沢は上着の内ポケットから刑事用携帯電話を摑み出し、一一九番した。

志賀が絶望的な吐息を洩らす。半沢は早口で、救急車を要請した。消防署は署の並びにある。

数分後、救急車のサイレンが高く響いてきた。志賀が奇声をあげ、スチールデスクの脚を蹴った。

「救急隊員をここに連れてきます」

草刈が半沢に言って、慌ただしく取調室2から出ていった。

「われわれは同じ警察官じゃないのかっ。それなのに、なぜ、わたしの味方をしてくれない?」

「人の命がかかってるんだ。前科者だからって、見殺しにはできないでしょうが!」

半沢は志賀を怒鳴りつけた。志賀は言い返さなかった。ただ、うなだれただけだ。

星加、死ぬなよ。

半沢は胸の中で励ました。

2

浴びるような飲み方だった。

奈穂は上司の辛い心中を察したが、何も言えなかった。半沢係長は小一時間で、九杯の焼酎ロックを呷った。座卓には十杯目のグラスが置かれている。

職場の裏手にある小料理屋『小糸』の小上がりだ。奈穂は、半沢の斜め前に坐っていた。

右隣には草刈刑事がいる。

午後七時過ぎだった。奈穂は職場に着くなり、前夜、星加が搬送先の市民病院で亡くなったことを草刈から聞かされた。担ぎ込まれて数十分後だったらしい。本庁捜査一課の志賀警部が星加の顔を殴る真似をしたことが、急性心不全を誘発したという話だった。

「おれが星加を死なせたようなものだ。志賀警部に取り調べをさせなければ、星加は若死にしなかっただろう」

「親方には、なんの責任もありませんよ。自分が星加を怒鳴った後、志賀さんが彼の顔面に正拳をぶち込む真似をしたから、極度のストレスを感じて……」

草刈が上司を慰めた。

「いや、おれが悪いんだ。取り調べを志賀警部に替わったばかりにとんでもないことになってしまった」

「不可抗力ですよ。まさか大の男が殴られそうになったからって、ショック死するとは思いませんからね。それに、星加に狭心症の持病があったことは誰も知らなかったわけですし」

「それはそうなんだが、取り調べに行き過ぎがあったことは否めない」

「ええ、それはね。しかし、志賀さんに犯意があったわけじゃありません。ぶん殴る真似をして、星加を少しビビらせたかっただけなんでしょう」

「犯意とは言わないが、悪意を含んだ威しであったことは間違いない」

「ま、そうでしょうね」

「それが落ち度だよ、志賀警部のな」

半沢が言って、煙草に火を点けた。口を挟めるような雰囲気ではなかった。奈穂は飲みかけのビールを傾けた。

「遺族は何も言ってこないが、星加は取り調べ中に心臓発作を起こしたんだ。そのうち弁護士がやってくるかもしれない」

「親方、それはないと思います。星加の恐喝未遂事件は立件可能だったのですから、遺族が騒ぎたてたら、故人の新たな犯行も表沙汰になってしまいます。前の強盗殺人事件で、星加は六年も服役してたんです。恥の上塗りになるでしょ？」

「しかし……」

「それから故人は、実兄の秀行とは仲が悪かったんです。仮に取り調べに何か行き過ぎがあったのかもしれないと感じても、抗議はしてこないと思いますよ」

「兄貴はそうでも、故人の将来を案じてた母親は警察に何か不審の念を懐くはずだよ。後になって、取り調べに行き過ぎがあったことをマスコミに暴かれたら、さらに市民の警察アレルギーを増大させることになる」

「確かに捜査協力費の架空計上など警察の内部には不正がはびこってますよね。だからといって、本社の志賀さんを内部告発するようなことはできないでしょ？　志賀さん本人はもちろん、須貝警視にも警察側に非はなかったと口裏を合わせてほしいと頭を下げられたんですから」

「草刈、それでいいのか？　何も見なかったことにしたら、事実を曲げることになるんだぞ」

「いまの世の中は、いんちきだらけです。清濁併せ呑まなきゃ、生きていけないでしょ？」

　草刈が言って、焼酎のお湯割りを啜った。

「結婚してから、ずいぶん丸くなったな」

「親方、あんまりいじめないでくださいよ。妻は妊娠してるんです。自分は、女房と生まれてくる子を養わなきゃならないんです。大切な家族を護り抜くには、少々の狡さも必要でしょ？」

「家族を大事にすることは、確かに一家の主の務めだ。そのこと自体は尊いと思うよ。しかしな、人間としてのプライドは保ちつづけなきゃ」

「ええ、そうですね」

「安定した生活と引き換えに、長いものに巻かれてしまったら、人間失格なんじゃないのか？」

「オーバーですよ、ちょっと」

「そうだろうか。そんなふうに適当に折り合って生きてるうちに、人はとことん堕落しちゃうんじゃないのかな」

半沢が目を細めながら、煙草の火を消した。煙が目に染みたのだろう。半沢のほうが草刈よりも、はるかにピュアだ。

奈穂は二人の遣り取りを聞きながら、そう感じた。

「親方はもう子育てが終わったから、そういう理想論を口にできるんですよ。どんな人間だって、それぞれ心の中ではできるだけ純粋に生きたいと考えてるはずです。しかし、誰かが一生喰わせてくれるわけではありません」

「だから？」

「他人とうまく折り合って、時には狡く立ち回らなきゃ、日々の暮らしも支えられなくなるでしょ？」

「喰っていくだけなら、いろんな仕事があるさ。いま現在の職業や収入を確保したいがために不本意な生き方をしてたら、精神衛生によくないにちがいない」

「ええ、それはね。そうした生き方が理想的でしょう。しかし、急にライフスタイルを変えることは難しいですよ」

「それだから、時にはスタンスを変えても仕方がないってことかっ」

「ま、そうですね。親方、酔ったんですか？」

「まだ酔いは浅いよ。頭も口も、ちゃんと回ってる」

「親方、志賀警部の件はもう忘れましょうよ」

「おれは、そんなふうには割り切れないんだ。やっぱり、志賀警部の取り調べに行き過ぎがあったことを鳩山署長の耳に入れとくべきだと思うよ」

「しかし、須貝警視に署長には内密にしといてくれって頼まれたでしょ？」

「そのことは忘れちゃいないよ。しかしな、事が露見したとき、鳩山署長は何も知らなかったら、立場がないじゃないか。おれは署長を尊敬してるんだ。キャリアの中で唯一、気を許せる相手なんだよ」

「自分も署長は大好きですし、敬まってもいます。鳩山署長は一本筋が通ってますから、志賀さんの取り調べに行き過ぎがあったことを本庁の刑事部長に報告すると思います。各捜査課を束ねてる刑事部長の耳に不祥事が届いたら、当然、志賀さんは何らかの処分を受けることになります。部下ともども取り調べに行き過ぎがあったことを隠そうとした須貝警視にもお咎めはあるでしょう」

「だろうね」

「本社の人間に矢を向けるようなことをしたら、親方はキャリア組に目をつけられますよ。下手(へた)したら、青梅(おうめ)署あたりに飛ばされるかもしれません。それも刑事課じゃなく、交通課か総務にね」

「そうなったら、そうなったで仕方ないさ」

「本社の連中はエリート意識が強くて、どうも好きになれません。だけど、同じ会社の仲間なんです。仲間の落ち度を告げ口するようなことは……」

「須貝警視や志賀警部に裏切り者と思われたっていいさ。やっぱり、署長に報告しておきたいんだ」

「親方がそう決心したんだったら、もう何を言っても無駄だな。わかりました。もう反対はしません。むろん、親方の味方になります」

「青臭い上司で済まないな。二人で、酒の肴(さかな)をきれいに平らげちゃってくれ。もちろん、おれのツケだ」

半沢が小上がりから降り、急ぎ足で店を出ていった。草刈がグラスを持って、奈穂の正面に移動した。

「うちの親方は曲がったことが嫌いだからな。五十過ぎで、あれほどの一本気は珍しいんじゃないのか」

「そうでしょうね。でも、わたしは半沢係長の性格や人柄は大好きです」

「おれも同じだよ。ちょっとクサい言い方だけどさ、男が男に惚(ほ)れたって感じだな」

「わたしにとっては、父親みたいな存在ですね。それはそうと、志賀警部のことを本庁の刑事部長に話しても、うやむやにされちゃうんじゃないのかな。桜田門は所轄署よりも身内意識が強いし、事実、結束も固いですよね？」

「そうだな」

「本庁の人事一課じゃなく、警察庁の首席監察官に不祥事を報告したほうがいいと思うんです」

「しかし、警視庁と警察庁のエリート官僚たちは密接に繋がってるから、志賀さんには何もお咎めがないかもしれないぞ」

「そんなことになったら、親方と鳩山署長が貧乏くじを引くことになりますね」

「ああ。そして、下手すると、二人は次の異動で不当な扱いを受けることになるかもしれない。おれは、そこまで考えたんで、最初は親方に異論を唱えたんだよ」

草刈が言って、締め鯖を箸で摘み上げた。

「屈折した優しさね」

「そんな気取ったもんじゃないよ。おれは親方が定年退職するまで、ずっと部下でいたいのさ」

「その気持ち、よくわかります。わたし、草刈先輩を少し見直しました」

「嬉しいことを言ってくれるな。遠慮しないで、どんどん食べてくれ」

「こらーっ、親方の奢りでしょうが」

「そうだったな」

草刈が鰤大根の鉢を手前に引き寄せ、豪快に食べはじめた。奈穂も山菜の天ぷらに箸をつけた。

二人は酒肴をきれいに平らげてから、小上がりから降りた。すると、粋な女将が近寄ってきた。五十年配だが、まだ色気があった。

芝で生まれ育った女将は江戸っ子らしく、気っぷがいい。いつも一、二品、酒の肴をサービスしてくれる。

「半沢さん、いつになく深刻そうなお顔をしてらっしゃったけど、何か心配事でも……」

「仕事で、ちょっと問題があったんですよ。それで、対応策を考えてただけです」

草刈が言った。

「そうなの。それなら、いいんですけど」

「女将さんは、半沢係長に特別な関心があるみたいだな。いつも係長のことを遠くから眺めてるからね」

「草刈さん、おかしなことを言わないで。半沢さんには奥さんがいらっしゃるのに」

「いても、別に問題はないでしょ？　プラトニックラブならね。係長も、女将さんのことを気にしてるようですよ」

「いやだわ、五十女をからかったりして」

女将が小娘のように恥じらった。

母よりも年上だろうが、かわいい女性だ。

奈穂は、思わず微笑した。

二人は店を出ると、署に戻った。二階の刑事課フロアには半沢はいなかった。

「親方は？」

奈穂は今井に訊いた。

「署長室にいるはずだよ。本庁の志賀警部の取り調べに行き過ぎがあって、それが星加の急死に繋がったのかもしれないと言ってたな」

「そうですか」

「わたしたちが席を外している間に、何か変わったことは？」

「五分ぐらい前に星加の母親から電話があって、次男の幹則が取り調べ中に心臓発作に見舞われたことがどうも腑に落ちない。それだから、遺体を行政解剖してほしいという申し入れがあったよ」

「それで、どう対応したんです？」

草刈が早口で今井に問いかけた。

「小杉課長に電話を回したんだが、市民病院の医師が星加の死因は急性心不全と言い切ったんで、司法解剖も行政解剖もできないと答えてたよ」

「そうですか。その説明で、先方は納得したんでしょうか？」

「いや、納得はしなかったようだな。小杉課長は焦った様子で、『刑事告訴なんかしたら、息子さんの前科までわかってしまいますよ』なんて言ってた」

「星加の母親が人権派の凄腕弁護士を雇ったら、厄介なことになりそうですね。今井さん、小杉課長も署長室に行ったんですか？」

「いや、違うよ。いましがた内線電話で本庁の須貝警視に呼ばれて、捜査本部に行ったんだ。おそらく桜田門の旦那に、所轄の連中も志賀さんの取り調べの件では口裏を合わせてほしいと頼まれてるんだろう」

「そうなのかもしれませんね」

「おれはその場に居合わせたわけじゃないが、親方や草刈が言ったように志賀警部は星加の顔面に正拳を叩き込む真似をしたんだろう」

今井が言って、緑茶で喉を潤した。

「それは間違いないですよ。親方とおれが志賀警部を陥れるために嘘をついてるとでも言うんですかっ」

「おまえは、ほんとに頭に血が昇りやすい男だな。別段、疑ってるわけじゃないよ。

問題のシーンを目撃してないんで、断定的な言い方は避けたんだ」

「それなら、自分の早とちりです。勘弁してください」

「気にすんな。それはそうと、おれも志賀さんの取り調べに行き過ぎがあったと思う。しかし、内部告発めいたことをしたら、親方と署長は本庁の首脳部にマークされることになる。半沢係長が別の所轄に飛ばされたら、仕事をする気がなくなりそうだよ」

「おれもです」

「だから、本音を言うと、親方にはあまり騒ぎたてないでほしいんだ」

「同感ですが、もう親方は走りはじめちゃったんです。そうなった以上、強行犯係のみんなで半沢係長をサポートしてあげましょうよ」

　草刈がそう言い、自席についた。

　それから間もなく、半沢が刑事課に戻ってきた。奈穂は真っ先に話しかけた。

「どうなりました？」

「鳩山署長と協議の上、本庁の刑事部長に志賀警部の一件を電話で報告しといた」

「刑事部長の反応はどうでした？」

「びっくりしてたし、対応策に憂慮してる感じだったな。それから、マスコミには絶対に伏せてほしいと言ってた」

「しかし、伏せつづけられるかどうかわかりませんよ」

今井が少し前に星加の母親から電話があったことを半沢に告げ、その内容をつぶさに伝えた。

「遺族が弁護士を雇って警察を告訴すれば、志賀警部のことは必然的に新聞やテレビで報道されることになるな」

「ええ、そうなるでしょうね。親方と署長は、本庁の連中に逆恨みされるでしょう」

「それは、覚悟の上だったんだ。場合によっては、現場捜査から外されることになるかもしれない。それでも、おれは密室での出来事を隠すことに協力したくなかったんだよ。青臭いと思われるだろうが、おれにはおれの正義があるからな。そいつを貫き通すことは、刑事の義務だと思ってる」

「異議なし！」

草刈が大声を張り上げ、高く拍手した。今井が草刈に倣った。

「おまえら、やめてくれ。ちょっとトイレに行ってくる」

照れた半沢が小走りに刑事課から出ていった。

奈穂は、ほほえんだ。久方ぶりに、清々しい光景に触れたような気持ちだった。

3

足許(あしもと)に塩を撒(ま)かれた。

星加の実家の玄関先だった。午後九時前である。

半沢は、かたわらの鳩山署長と顔を見合わせた。二人は星加宅に弔問(ちょうもん)に訪れたのだ。

「せめて焼香だけでもさせていただけないでしょうか」

半沢は故人の母親に頼んだ。

「ふざけないでよ。帰ってちょうだい！　死んだ幹則は前科者だったけど、根は優しい子だったの。なのに、四十前で死んでしまうなんて……」

「お辛いでしょうね」

「辛いだけじゃないわ。わたしはね、悔(くや)しいのよ。息子はもともと心臓が悪かったから、厳しい取り調べに耐えられなかったでしょう。担当刑事が幹則に乱暴なことをしたにちがいないわよ。拳骨(げんこつ)で息子を殴ったり、蹴ったりしたんでしょ！」

星加の母親が声を荒(あら)らげた。

「そうした荒っぽいことはしてません。ただ、担当の者が少し大声をあげたことは確かです」

「それだけで、息子がショック死するわけないわ」

「繰り返しますが、暴力は誰も振るってません。それだけは、どうか信じてください。ただ、あと担当捜査員が威しめいた行動を取ったことは認めます」

「もっと具体的に言ってよ」

「わたしが答えましょう」

　鳩山が先に口を開いた。

「息子にいったい何をしたのっ」

「幹則さんが取り調べにあまり協力的ではなかったので、担当の者が殴る真似をしたんです」

「そのとき、息子は心臓発作に見舞われたのね？」

「そういう報告でした」

「だったら、その刑事が幹則を殺したようなものでしょうが！　そいつの名前は？」

「その質問には答えられません」

「あんたは人殺しを庇うの⁉」

「担当刑事を人殺し呼ばわりするのは、いかがなものでしょうか」

「人殺しでしょうが！　そいつが息子をぶつ振りなんかしたから、こんなことになったのよ」

「仮にその行為が息子さんの心臓発作を誘発したんだとしても、殺人罪にはならないはずです。当事者は幹則さんに心臓疾患があることは知らなかったわけですし、もとより殺意はありませんでしたから」

「殺人罪は成立しなくても、過失致死にはなるはずよ。弁護士の先生も、そうおっしゃってたわ」

「そのあたりのことは裁判所が決める事柄です。わたしには、それしか言えません。それから、担当刑事の氏名をここで明かすことも勘弁願いたいですね」

「警察は身内意識が強いって話を聞いてたけど、あんたたちは公僕なのよ。市民をいじめてもいいの？」

「言い訳に聞こえるかもしれませんが、別に思い上がった気持ちがあるわけではないんですよ。担当刑事の氏名を明かせないのは、いわゆる惻隠の情があるからです。弁護士が調査に乗り出せば、その彼の名前はすぐにわかるでしょう」

「その男の威嚇行為が息子の死の遠因になってるとわかったら、こちらは告訴しますよ！」

「それを制止することはできません。それはそれとして、お線香だけでも手向けさせていただけませんかね」

「お断りするわ」

故人の母が言い放ち、奥に引っ込んでしまった。そのすぐ後、幹則の兄の秀行が玄関ホールに現われた。

「せっかく来ていただいたのに、申し訳ありません。母は前科歴のあった弟の味方になることで愛情を示したいんですよ。ところで、幹則はわたしの妻の従妹(いとこ)の殺害を認めたのでしょうか？」

「それは、はっきりと否認しました」

半沢は答えた。

「よかった」

「ただ、弟さんは里見百合さんの弱みを恐喝材料にして、五百万円の口止め料を要求してたんですよ。それについては全面的に認めました」

「なんて奴なんだ。百合さんの弱みというのは、どんなことなんです？」

星加秀行が訊いた。半沢は詳しいことを話した。

「ぼくが弟に絶縁宣言をしたんで、あいつは実家に顔を出せなかったんだろうな」

「そうなんでしょうね。で、弟さんは昔の彼女の持田ひとみさんに五十万ほど借りかけたんですよ。しかし、われわれが任意同行を求めたので、結局、お金は弟さんの懐には入りませんでした」

「そうですか。それでも、弟の恐喝未遂事件は地検に送致されるんでしょうね？」

「ええ、そうなると思います」

「弟の奴、どこまで身内に恥をかかせる気だったんだ。しかも、脅迫相手はわたしの妻の従妹だったんです。恐喝未遂事件のことが公になったら、星加家はもう終わりだ。母を説得して、取り調べの刑事さんを告訴させないようにします。ですので、弟の恐喝未遂事件はマスコミには伏せていただけませんか。お願いです、この通りです」

故人の兄が玄関マットの上に正坐し、額を床に擦りつけた。

「頭を上げてください。お約束はできませんが、お気持ちに添えるよう力を尽くしてみます」

鳩山署長が言った。星加秀行が立ち上がって、両手で署長の右手を取った。

「ありがとうございます。六年前、わたし、母と妻を先に殺して自死しようとしたんですよ。もちろん、勤めもやめるつもりでいました。しかし、友人や近所の方たちに励まされて、図太く生きてきたんです」

「身内から犯罪者が出たからって、卑屈になる必要はありませんよ。罪人の親兄弟であっても、それぞれ人格は異なるわけですからね。周囲の目は冷たくなるかもしれませんが、別にこそこそすることはないでしょう。以前と同じように自然体で生きるべきですね」

「いまのお言葉、勇気百倍です。妙な引け目は忘れて、明日から堂々と生きます」

「そうしてください」

「おふくろが無礼を重ねましたが、どうかご容赦(ようしゃ)ください」

「こちらこそ、少し無神経だったかもしれません。それでは、ここで失礼させてもらいます」

鳩山が故人の兄に一礼し、先に玄関を出た。半沢は署長に従った。

表に出ると、星加宅の塀(へい)の前に屈(かが)み込んでいる女性がいた。花束を塀に凭(もた)せかけ、両手を合わせている。よく見ると、持田ひとみだった。

半沢は、死んだ星加の元恋人に歩み寄った。ひとみが立ち上がった。

「あっ、刑事さん……」

「星加が死んだこと、テレビニュースか何かで知ったのかな?」

「ええ、そうです。彼、生まれつき心臓が弱かったんですよ。だから、急性心不全になったんだと思います」

「まだ四十前だったのにね。惜(お)しい死だ」

「星加さんがもうこの世にいないだなんて、なんだか悪い夢を見てるような感じです」

「そうだろうね」

「刑事さん、彼は兄嫁の従妹の宝石デザイナーを殺害したんでしょうか?」

「本人は犯行を強く否認してましたよ。わたしの勘では、星加はシロだね。しかし、彼が里見百合を強請ってたことは間違いない」

　半沢はICレコーダーのことを話した。

「彼は、わたしにお金を無心することは悪いと思ったんでしょうね。働き口が見つかるまで、衣食住の世話ぐらいしてやれたのに」

「そこまで甘えるのは、男として腑甲斐ないと思ったんだろうな」

「多分、そうなんでしょうね。だからといって、恐喝で当座の生活費を工面しようと考えるなんて愚かだわ」

「その通りなんだが、仮出所したばかりの元強盗殺人犯がまともな方法で自立することは困難だったんだろうな。前科者に対して、世間の目はまだまだ冷たいからね」

「ええ。世の中の人たちが彼らを色眼鏡で見るうちは、真の更生は難しいでしょうね。わたし、星加さんがかわいそうで……」

　ひとみが両手で顔を覆って、啜り泣きはじめた。半沢は彼女の震える肩を軽く叩き、鳩山に近づいた。

「お待たせしました」

「星加の昔の恋人だね？」

「ええ」

「なんだか遣り切れない晩だね。一やん、どこかで飲まないか」

「そうしましょう」

二人は住宅街を抜けて、小田急線の生田駅に向かった。

落ち着いたのは、駅前通りにある鮨屋(すしや)だった。客は少なかった。半沢たちは素木(しらき)の付け台に並んで腰かけ、お任せで刺身の盛り合わせと冷酒を注文した。

待つほどもなく突き出しの小鉢と冷酒が運ばれてきた。二人はグラスを軽く触れ合わせた。

「星加の母親が告訴すれば、即座に志賀警部は捜査本部のメンバーから外されるな。そして、場合によっては指揮官の須貝警視も本庁に戻されることになるだろう」

鳩山が言った。

「それだけで済みますかね。刑事告訴されたことがマスコミに派手に取り上げられ、裁判で負ければ、二人は懲戒免職ってことに……」

「そうなるかもしれないな。しかし、それはそれで仕方ないだろう。志賀君の取り調べに行き過ぎがあったことは、客観的な事実なわけだからね」

「ええ。それにしても、署長は真っ正直な方だな。密室での出来事だったんだから、志賀警部と口裏を合わせることもできたのに」

「そうだね。身内を庇ってやりたいという気持ちはあるが、事実を歪めることは罪だよ」

「ええ、そうですね」

「だから、志賀君には恨まれるだろうが、本庁の刑事部長には取調室で起きたことをありのまま伝えたんだ」

「署長は漢ですね。損得抜きで、自分に恥じるようなことは絶対にしない。それこそ、男の真っ当な生き方だと思います」

「一やんだって、同じじゃないか。損とわかっていても、事実を曲げたりしない」

「わたしはノンキャリアですんで、出世なんかどうでもいいんです。しかし、署長はキャリアなんですから、上手に立ち回れば、もっと重要なポストに就けるのに」

「偉くなっても、いいことなんか少ないよ。わたしたち夫婦は子宝に恵まれなかったから、しゃかりきになって稼ぐ必要はないんだ。それ以前に、自分の心には忠実に生きたいじゃないか」

「同感ですね」

　半沢はグラスを空け、お代わりをした。

　署長も、少し経ってから二杯目の冷酒を頼んだ。半沢は鳩山に断って、煙草をくわえた。

「伊織巡査はどうかね？」

「真面目に職務に取り組んでます。何年かしたら、彼女は優秀な刑事になるでしょうね。頭がシャープですし、根性もあります。人間的に温かいから、被疑者の心を開かせることもできるでしょう」

「誰かと似てるな」

「え？」

「一やんとそっくりじゃないか」

「いや、わたしは頭の回転は速くないし、万事にスローモーです」

「謙遜してるが、犯人検挙数は署内でトップだ。一やんは、文字通りの敏腕刑事さ。その一やんが伊織巡査を手塩にかけてるんだから、彼女の成長が楽しみだね」

「伊織は教え甲斐のある娘ですから、わたしも期待してるんですよ」

「だろうね。しかし、なかなかチャーミングだから、数年後には結婚してしまうかもしれないな」

「わたしの部下でいる間は、たとえ彼女が結婚しても、ずっと仕事はつづけさせます。すぐにスペアの利く人材じゃありませんのでね」

「大変な惚れ込みようだな」

鳩山が言って、黒鮪の中トロを口の中に入れた。半沢も煙草の火を揉み消し、鮃の薄造りを箸で掬い上げた。

二人は雑談を交わしながら、冷酒を五杯ずつ飲んだ。それから五、六貫ずつ握ってもらい、付け台から離れた。半沢は割り勘にしてほしいと言いつづけたが、鳩山は素早く支払いを済ませてしまった。二人は店を出ると、生田駅に向かった。

鳩山の自宅は井の頭線の池の上にある。

二人は新宿行きの各駅停車の電車に乗り込んだ。あと数分で、午後十一時だ。そのせいか、車内は空いていた。

半沢たちはシートに並んで坐った。電車が動きはじめると、鳩山が小声で話しかけてきた。

「ちょっと確認しておきたいんだが、一やんの心証では星加幹則はシロなんだね？」

「ええ。彼は、里見百合は殺ってないでしょう」

「そうだとすると、宝石デザイナーを絞殺したのは正体不明の不倫相手ってことになりそうだね。流しの犯行とは思えないからな」

「ええ、そうですね。まだ推測の域を出てないんですが、星加は里見百合が五百万円の口止め料を出し渋ってるのは、背後の男に入れ知恵されたと直感したのかもしれません」

「それ、考えられるな。被害者と関わりの深い謎の男はそれなりの成功者で、何か後ろ暗いことをしてる。それを星加に嗅ぎ当てられそうになったんで、その人物は何らかの方法で星加を始末しようと企んだ。しかし、それを実行するチャンスは訪れなかった。それで、正体のわからない男は百合の口から自分の秘密が漏れることを恐れて、彼女を殺した。本人が絞殺したのではなく、誰かにやらせたのかもしれないね」

「署長、実はわたしも同じような読み筋をしてたんですよ」

「そう。もう一度、百合の男性関係を洗い直してみたらどうかね？」

「友人や知り合いが偽証してるとは思えませんから、被害者の遺品を細かくチェックしてみます。その結果、謎の男の正体がわかるかもしれませんので」

「そうだね。ひとつ頼むよ」

会話が途切れた。

二人は電車の震動に身を委ねた。やがて、電車が喜多見駅のホームに滑り込んだ。

「今夜は、ご馳走さまでした」

半沢は先に下車し、家路を急いだ。ゆっくりと十分ほど歩くと、わが家に着いた。

靴を脱ぎ終えたとき、居間から長男の薫が姿を見せた。

「お帰り！」

「おう、来てたのか」

「ちょっと父さんに話しておきたいことがあるんだよ」

「さては、つき合ってる彼女を妊娠させたな。で、できちゃった結婚したいってわけか」

「そんなんじゃないよ。二階のおれの部屋で待ってるから、後で来てほしいんだ」

「わかった」

半沢は指でＯＫサインを作った。薫が玄関ホールの隅にある階段を昇りはじめた。

「ただいま！」

半沢はリビングに入った。母、妻、次男の三人が古いアルバムを覗きながら、何かおかしそうに笑っていた。

「何が面白いんだい？」

半沢は母に声をかけた。

「ああ、お帰り！　一の写真を見てたんだけどさ、あんたは新婚旅行のときから、いつも怒ったような顔をしてるね」

「写真を撮られるのは、なんか苦手なんだ。おふくろは知ってるはずだがな」

「それにしても、むっつりしすぎだよ。たまには、チーズと言えばいいのに」

「お祖母ちゃん、チーズはもう時代遅れなんだ。キムチと呟いたほうが、きれいな笑顔になるんだってさ」

望が言った。

「へえ、そうなの。鴨川に住んでる年寄りは、世の中の動きに疎くってね。いい勉強になったよ」

「それほど重要なことじゃないけどね」

「ううん、重要よ。わたしは百歳まで生きるつもりだから、時代遅れの年寄りになりたくないの」

「それじゃ、若い連中に人気のあるゲームのことでも教えてやるか」

「ぜひ教えてちょうだい」

母が孫の片手を取って、優しく揺さぶった。望は終始、笑顔を絶やさなかった。

「食事は？」

妻の寛子がリビングソファから立ち上がった。

「署長に鮨をご馳走になったんだ」

「それじゃ、いつものように濃い日本茶を淹れるわ」

「後でいいよ。薫が何か話したいことがあるらしいんだ」

「結婚のことかしら？」

「そうじゃないみたいだな」

半沢は脱いだ上着を妻に渡し、すぐ居間を出た。

二階に上がり、薫の部屋に入る。八畳の洋室だった。長男は机の手前の回転椅子に腰かけていた。

「話を聞こうか」

半沢はネクタイの結び目を緩め、薫のシングルベッドに坐った。

「こないだ、つくし野のマンションで三十二歳の美人宝石デザイナーが殺されたよね。里見百合という名なんだけど、おれ、その名前を大学時代の友人から聞いた記憶があるんだ。母さんの話だと、いま、その事件の捜査をしてるんだってね？」

「そう。その友人って、誰のことなんだ？」

「野々村保って奴だよ。学生時代に一、二度、ここに遊びに来たことがあるんだけど、憶えてない？」

「どうもよく思い出せないな」

「そうか。野々村は大学を卒業して、特許庁の職員になったんだ」

「話をつづけてくれ」

「野々村は、津川だったか、津島だったかという姓の上司に頼まれて、何か百合の自宅マンションに届けに行ったことがあるらしいんだ。あいつ、私用でこき使われたと怒ってたよ。でも、相手が色っぽい美女だったんで、上司に文句を言うのはやめたんだってさ」

「その野々村君に会って、ちょっと話を聞きたいな」

「もう無理だよ。野々村は先月の上旬、小田原漁港の近くの堤防で釣りをしてる最中に誤って海に落ちて、水死してしまったんだ。泳ぎはうまかったはずなんだけどね」

「地元署は、単なる事故死として処理済みなのか？」

「野々村のおふくろさんは、そう言ってたよ。だけど、なんとなく釈然としないんだ。もしかしたら、仕組まれた事故死というか、事故死に見せかけた殺人事件かもしれないと思ったんだよ」

「うねりの高い沖合なら別だが、泳ぎの達者な奴が防波堤から足を滑らせて海に落ちたとしても、まず溺れ死ぬようなことはないだろうな。犯罪の臭いがするね」

「おれもそう思ったんで、一度、霞が関の特許庁に行ってみたんだ。野々村の同僚や上司に会って、いろいろ話を聞かせてもらうつもりだったんだよ。でも、門前払いにされてしまったんだ」

「おまえは、ただのサラリーマンだ。それなのに、なぜ門前払いにされたんだろうか。何や疚しいことでもあるのか」

「そうなのかもしれないよ。それからね、特許庁を訪ねた翌日の夕方、会社の前から五十年配の男に尾行されたんだ。そいつはデジカメで街頭写真を撮る振りをしてたけど、明らかにおれを尾けてた。それで、野々村の死と美人宝石デザイナー殺害事件はどこかで繋がってるのかもしれないと思うようになったんだよ」

「刑事の子だな。おまえの推測が正しいかどうかわからないが、調べてみる価値はありそうだ」

「野々村に関する情報はすべて提供するよ。だから、あいつが実際に事故死したのかどうか探ってもらいたいんだ」

息子が縋るように言った。

半沢は大きくうなずき、ワイシャツの胸ポケットから手帳を抓み出した。

4

死体写真は、たったの二葉しかなかった。

鑑識資料としては少なすぎる。現場検証は、ずさんだったのではないか。奈穂は、そう感じた。小田原署の刑事課である。

奈穂は半沢と古ぼけたソファに並んで腰かけていた。半沢の前にいるのは、初老の刑事だった。稲葉と名乗った。

鑑識写真の被写体は、半沢の長男の友人だった野々村保である。

「この彼が小田原漁港近くの防波堤から海に落ちて水死したのは、八月六日の午後六時半ごろなんですね？」

半沢が稲葉に確かめた。

「ええ、そうです。野々村さんは堤防の突端でサビキを使って、豆鯵なんかを釣ってたんですよ」

「連れはいなかったんでしょ？」

「はい。防波堤の反対側でサビキ釣りをしてた複数の人間がそう証言していますから、間違いないでしょう」

「真夏の午後六時半なら、まだ外は明るかったと思うんですが、野々村君が落下した瞬間を誰も見ていないんですか？」

「おかしいと思われるかもしれませんね。いま、説明しましょう。野々村さんが釣り糸を垂れてた側は岩礁が多くて、よく仕掛けが根がかりしちゃうんですよ。それだから、サビキをいくつも無駄にすることになるんです」

「反対側は砂地になってるんですね？」

「その通りです。鱚がよく釣れるので、そちら側から仕掛けを遠投する人が多いんですよ」

「この鑑識写真でも、野々村さんの額の右側に陥没痕があるのがはっきりとわかりますよね？」

奈穂は稲葉に話しかけた。

「ええ。海に落ちた際、運悪く額を岩に打ちつけたんでしょう。事故現場は、尖った岩がたくさんありますから」

「野々村さんが海に転落したことを知って、一一九番したのは？」

「少し離れた防波堤で釣りをしていた中年男性です。その方が自分のスマホを使って、まず消防のレスキュー隊を呼んだんです。こちらには消防のほうから事故発生の情報が入ったんですよ。うちの署員たち五人が現場に駆けつけたときは、すでに野々村さんはレスキュー隊員によって、防波堤に掬い上げられていました。しかし、もう心肺停止状態だったんです」

「息子の話によると、野々村君は泳ぎがうまかったらしいんですよ。足を踏み外して海中に沈んだとしても、溺死したりしないと思うんですがね」

　半沢が会話に割り込んだ。

「落ちたとき、岩に強く頭をぶつけたんで、脳震盪を起こしたんでしょうね」

「そうなんでしょうか」

「実は髪の毛でよく見えませんでしたが、二カ所ほど頭に裂傷があったんです」

「そうなんですか。ところで、死体検案書を見せてもらえます？」

「変死じゃなかったので、検視官と警察医が遺体をざっとチェックしただけなんですよ」

「場所柄、水難事故は多いんだろうが、ちょっと扱いが……」

「ラフと思われたんでしょうが、毎年、事故で十人前後の者が海で水死してるんです。

検視に落ち度はありませんよ」

稲葉の表情が険しくなった。

「気を悪くされたんでしたら、謝ります。ところで、野々村君が釣りをしてた側の海面に漁船や釣り船は浮かんでなかったんですか？」

「防波堤から四十メートル前後離れた海上に白いプレジャーボートが一隻だけ浮かんでたようです」

「そのプレジャーボートには何人乗ってたんです？」

「四十代後半の男性がひとりしか乗ってなかったみたいですよ」

「その男は釣りをしてたのかな？」

「だと思いますよ、確認はできませんでしたけどね」

「消防署のレスキュー隊が防波堤に到着したとき、そのプレジャーボートはまだ海に浮かんでたんですか？」

「いいえ、そのときはどこかに移動してしまったようです」

「そうなんですか」

「おたくたちは、事故ではなく、事件性があると思ってるのかな？」

「そういうわけじゃないんですよ。ただ、野々村君の額の陥没痕がどうも気になりましてね。それから、野々村君は泳ぎが上手だったというんで……」

「それは、さっき申し上げたでしょ！　堤防から落ちたとき、頭部を海底の岩にぶつけて、一時的に意識を失ったから命を落としてしまったんですよ」

「そうだったのかな」

「おたく、失礼だぞ。うちの署が事故と処理したことにまるで何か問題があったとでも言うような口ぶりじゃないかっ」

「ま、そう興奮なさらないでください。野々村君が何か事件に巻き込まれたと断定したわけじゃないんですから」

半沢がなだめた。

「それにしても、不愉快だな」

「怒らせてしまったようですね」

「当たり前でしょうが。納得できないんだったら、おたくら、現場に行ってみなさいよ。野々村さんが釣りをしてた側の堤防の下は岩だらけだとわかるから」

稲葉がコーヒーテーブルの上の鑑識写真を手に取り、憤然と席を立った。

「引き揚げたほうがよさそうですね」

奈穂は半沢に小声で言った。

半沢が苦笑し、のっそりと立ち上がった。奈穂も腰を上げた。

小田原署を出ると、二人はスカイラインに乗り込んだ。半沢の運転で、野々村が水死した現場に向かう。

午後二時を回っていた。小田原漁港までは、ほんのひとっ走りだった。

防波堤は長さ二百メートルほどで、幅は十メートル前後だ。七十年配の男性がのんびりと釣り糸を垂れている。人影が少ないのは平日のせいだろう。

半沢が覆面パトカーを堤防の手前に停めた。

奈穂は先に助手席から降りた。そのとたん、潮の香が鼻孔に滑り込んできた。海面は凪いでいた。たゆたう光の鱗が眩い。

奈穂たちは防波堤の突端まで歩いた。

確かに左側は岩礁が多い。右側は砂地になっていた。

「息子さんの学生時代の友人が釣りをしてた側は、本当に岩が多いですね」

奈穂は堤防下の海中を透かし見ながら、かたわらに立った半沢に言った。

「ああ、そうだな」

「野々村保さんは、やっぱり落下したときに岩に頭を強く打ちつけてしまったのかしら？」

「伊織、そんなふうにせっかちに結論を出そうとするな。あらゆる可能性を想定してみることが捜査には必要なんだ」

「はい」

「薫の友人は、まだ二十五歳だったんだ。釣りをしてるとき、急にめまいに襲われたとは考えにくいな。そういうことがまったくないとは言わないが、稀だろう」

「でしょうね」

「それから子供じゃないんだから、岸壁からうっかり足を踏み外すことも少ないだろうな」

「思いがけなく大きな魚が釣れたとしたら、少し慌てるかもしれませんね」

「防波堤近くの岩場に大きな魚は回り込んでこない。時化のときは別だがな」

「親方は鴨川育ちでしたね。そういうことなら、大物がヒットしたなんてことはなさそうですね？」

「それはないだろう。野々村君は海岸か海上から、石のように硬いゴム弾で額を直撃されたのかもしれないな。それで、野々村君は海に落ちたときは意識が途切れてたんだろうか。だから、水泳を得意としていた青年が溺れ死ぬことになってしまったんじゃないのかな」

「そうなんでしょうか」

「死体写真の陥没痕は岩でできた傷痕とは思えないんだ」

「わたしも、そう思いました。ごつごつした岩に額を打ちつけたんだとしたら、陥没痕ではなく、裂傷を負ってそうですよね？」

「そうだな。何か角張った物が野々村君の額に当たったんだろうか」

「角張った物というと……」

「錘の形はさまざまだが、角張った物もある。そうか、プレジャーボートに乗ってた四十代後半の男が投げ釣りの要領で三十号前後の錘を飛ばしたとも考えられるな」

「投げ釣りのベテランなら、仕掛けを狙ったポイントに正確にキャストできるという話を聞いたことがあります」

「その話は事実だよ。おれは子供のころから砂浜や堤防で数え切れないくらい投げ釣りをしてきたが、いつの間にかポイントにぴたりとキャストできるようになってた」

「なら、プレジャーボートに乗ってた中年男が怪しいですね。しかし、小田原署は、その男の身許まで割り出してはいないという話でした」

「そうだったな。クルーザーやモーターボートは係留を義務づけられてるが、小型のプレジャーボートは車に載せて持ち運ぶ物だから、マリーナやヨットハーバーで所有者を割り出すことはできない」

「ええ、そうですね。あの方、八月六日の夕方にここで釣りをしてたといいんだけど」

「ちょっと訊いてみよう」

半沢が語尾とともに歩きだした。奈穂は小走りに追った。

「釣果はどうです?」

半沢が七十年配の痩(や)せた男に声をかけた。

「釣れるのは、サッパとクサフグばかりだよ。潮回りがよくないんだろうね。いつもなら、豆鰺(ジンタ)が一束(いっそく)も釣れるんだがね」

「八月六日の夕方、ここで釣りをしてました？」

「おたくら、何者なの？」

「捜査関係の人間です。といっても、神奈川県警じゃなく、警視庁所属ですがね」

「八月六日だって？」

「ええ。夕方六時半ごろ、突端でサビキ釣りをしてた東京の二十代の男性が海に落ちて溺死したんですが……」

「ほとんど毎日、ここで釣りをしてるんだけど、あいにくその日は親類の法事があったんだよ。でも、釣り仲間たちから、その事故の話は聞いた。死んだ若い男は短い呻き声を発してから、頭から海に落ちたらしいよ。それから、すぐマネキン人形みたいに海面に浮かんで、その後海底に沈んでったんだってさ」

老人が答えた。

「すぐに沈んだわけじゃなかったんですね？」

「聞いた話だと、そうだったな。その釣り仲間は警察嫌いだから、地元署の者には余計なことは言わなかったそうだけどね。その男、若い時分に自転車泥棒に間違われて、

「その釣り仲間のお名前と住所を教えていただけませんか？」

若い警官に小突き回されたらしいんだ」

奈穂は頼んだ。

「それは勘弁してほしいな。後で、その男に恨まれちゃうからね」

「あなたのお名前は伏せますよ」

「それでも、余計なことを教えたのがこっちだって、すぐにバレちゃうだろう。それだから、悪いけど、協力できないな」

「水死した男性は、殺されたかもしれないんです。捜査に協力していただけませんか？」

「ごめん、もう何も喋らないよ」

相手が口を噤んだ。なおも奈穂は喰い下がってみた。しかし、徒労に終わった。

「行こう」

半沢が奈穂の片手を取った。奈穂は年配の釣り人に礼を述べ、半沢と肩を並べた。

二人は防波堤の両側にいる太公望にことごとく声をかけてみた。だが、新たな手がかりは得られなかった。

奈穂たちは覆面パトカーで東京に引き返した。目黒区内にある野々村の生家に着いたのは、午後五時半ごろだった。

野々村宅は閑静な住宅街の一角にあった。

半沢がインターフォンを鳴らし、素姓を明かした。ほどなく故人の母の晶子が応対に現われた。五十一、二歳で、上品な顔立ちだった。

奈穂たちは、玄関ホールに接した応接間に通された。大理石のマントルピースのある落ち着きのある部屋だった。

晶子は三人分のコーヒーを用意すると、半沢の前のソファに浅く腰かけた。

「保が学生時代、薫君には何かとお世話になったと聞いています」

「こちらこそ、長男が何かとご迷惑をかけたと思います。早速ですが、保君の事故死の件なんですが、他殺の疑いが出てきたんですよ」

「小田原署は事故死に間違いないとおっしゃっていましたけど……」

「ご遺体の額の陥没痕は、海底の岩礁にぶつけたときの傷痕だと説明されたんですね？」

「ええ、その通りです」

「しかし、どうやら海上から何者かが釣り用の錘を投げつけて、保君の意識を失わせた疑いが出てきたんですよ」

半沢が事故死にしては不自然な点を簡潔に列挙した。

「少しの間、マネキン人形みたいに俯せに波間に浮いてたんだったら、保は脳震盪を起こしてたんでしょうね。そうだとしたら、息子は誰かに殺されたんだわ」

「地元署は事故死と処理しましたが、われわれは他殺の疑いが濃いと考えてます。そこで、うかがいたいのですが、息子さんは特許庁でどんな仕事をされてたんです？」

「個人や企業の代理人として弁理士の方々が申請する特許、実用新案、意匠、商標に関する出願や登録の受付をやってたんです」

「そうですか。上司の方で、津川さんか津島さんというお名前の男性がいると思うのですが……」

「津島恭輔という方が保の直属の上司です。わたしは一度もお目にかかったことはないんですが、話のわかる温厚な方だと息子は言ってました。年齢はわたしよりも三つ下ですから、四十八歳のはずです」

「息子さんは、その方に目をかけられてたんでしょうか？」

「そうだったみたいですよ。よく飲みに連れていってもらってたようですし、ゴルフにも誘われてました」

「釣りには？」

「さあ、それはどうでしたかしら」

「保さんは、よく釣りに出かけてらしたんですか？」

　奈穂は訊いた。

「釣りをするようになったのは、特許庁に入ってからなんです。職場のどなたかの影響なのでしょうけど、すぐ熱中するようになって月に二、三回は海釣りに出かけるようになったの。乗合船で沖釣りをすることもありましたけど、たいていは堤防でフィッシングを愉しんでました」

「いつも息子さんおひとりで出かけてました？」

「ええ、そうですね。連れがいると、あれこれ気を遣わなければならないので、リラックスできないと言っていました」

「それでも、釣り仲間と情報交換などはなさってたんではありません？」

「そういうことはしていたと思います。帰宅すると、自分の部屋でちょくちょくパソコンに向かってましたので」

「釣り仲間の方で、プレジャーボートを持ってる人はいませんでしたか？」

「そこまでは、ちょっとわかりません」

「そうですか。息子さんから、生前、里見百合という名を聞かれたことは？」

「一度もありません。その方は、どういう女性なんです？」

「先日、自宅マンションで殺害された宝石デザイナーです。保さんは津島という上司に頼まれて、その里見百合に何か届けたことがあるようなんですよ」

「どういうことなんだろう？」

晶子が小首を傾げた。

奈穂は半沢を見た。半沢が黙ってうなずき、息子の薫から聞いた話を伝えた。

「殺された宝石デザイナーは、特許庁に意匠登録でもしていたんでしょうか?」

「各種のパテント出願や意匠登録は、たいてい弁理士が代行してますよね。おそらく仕事上のお使いを頼まれたんではないでしょう」

「つまり、息子の上司の津島さんと宝石デザイナーは個人的なおつき合いをしていたってことになるんですか?」

「多分、そうだったんでしょうね。津島って方は結婚してるんでしょ?」

「保から、そう聞いていました。ご夫婦にお子さんはいらっしゃらないと言ってましたけどね」

「そうですか。その上司の方と殺された里見百合は不倫関係にあったのかもしれないな」

「保は津島さんの代わりに、その女性の自宅マンションにお金か貴金属を届けに行ったのでしょうか?」

晶子がコーヒーカップに手を伸ばした。奈穂たちも相前後して、コーヒーを口に含んだ。

「保は上司に愛人がいることを知って、何か余計な忠告をしたのかしら?」

「たとえば、どんなことが考えられます?」

奈穂は問いかけた。

「上司の方に不倫は不道徳だと意見したとか、宝石デザイナーの方に妻のいる男とつき合っていても幸せにはなれないと忠告したとか」

「その程度のことで、命を狙われたりはしないでしょう？　おそらく息子さんは、別の悪事を知ってしまったのでしょう」

「そうなんでしょうか」

「とにかく、われわれは保君の死の真相を少し探ってみるつもりです。そうすることで、美人宝石デザイナー殺害事件の謎も解けるかもしれませんのでね」

　半沢が言って、ゆっくりと立ち上がった。

　奈穂たちは野々村宅を辞去して、スカイラインに乗り込んだ。半沢がエンジンを始動させたとき、懐で刑事用携帯電話（ポリスモード）が鳴った。

　発信者は鳩山署長のようだった。数分で、半沢が電話を切った。

「署長からの電話だったみたいですね？」

　奈穂は確かめた。

「そうなんだ。星加の兄貴が母親を説得して、警察を告訴することはやめさせたらしい。その代わり、取り調べに行き過ぎがあったと担当刑事に謝罪してほしいと申し入れがあったそうだよ」

「それで？」

「志賀警部と須貝警視が今夜、生田の星加宅に詫(わ)びに行くことになったらしい。本庁の刑事部長の命令だってさ。それから、志賀は明日から本庁の捜一(そういち)に戻るそうだ」

「須貝警視は部下の責任を取らなくてもいいんですか？」

「いや、数日中に桜田門から別の担当管理官が来るという話だったね。もちろん、鳩山署長には何もお咎めはないそうだよ」

「本庁の刑事部長は、確か警察庁採用のキャリアでしたよね？」

「ああ。そっちの母方の叔父さんもそうだが、警察官僚の中にも気骨のある人物がいるんだな」

「鳩山署長も、そのひとりに数えられるんじゃないんですか？」

「そうだな。キャリアが全員、保身本能の塊(かたまり)ってわけじゃない。現場のおれたちも頑張らないとな」

半沢が上機嫌に言って、覆面パトカーを走らせはじめた。

奈穂は上体を背凭(せもた)れに預け、頬を緩めた。

第五章　透けた殺人回路

1

窓の外が明るくなった。

半沢は静かに自宅の庭に出た。午前五時半過ぎだ。小田原に出かけた翌朝である。パジャマ姿ではない。Tシャツを着て、チノクロスパンツを穿いていた。

自宅の敷地は五十数坪だ。

庭の隅に犬小屋を置いてある。だが、飼っていた柴犬はもういない。去年の初夏に老衰で死んでしまったのだ。

それにもかかわらず、いまも犬小屋はそのままにしてあった。犬小屋全体に愛犬の匂いがこびりついていて、なかなか壊せないのである。

利口で、忍耐強い犬だった。哀惜の念は、いまも薄れていない。いわゆるペットロスだろう。

半沢は感傷的な気分を抱えながら、奥の物置きに近づいた。

引き戸を横に払い、物置きの中から釣り具を一式取り出す。半沢は剣道の古い胴着も引っ張り出し、それらをマイカーのトランクルームに積み込んだ。車はカローラである。

半沢はマイカーに乗り込み、近くの多摩川の河川敷に向かった。五分ほどで、川辺に着いた。

遠くにジョギング中の男女の姿が見えるが、河原に人影は見当たらない。

半沢は水辺側に剣道の胴着を固定し、三十メートルほど退がった。手早く投げ釣りの用意をして、初めに二十号の錘を飛ばしてみた。的に接近する。

うまく胴着に命中していたが、へこみ具合は小さかった。野々村の額の陥没痕の約半分の大きさだった。

半沢は二十五号の錘に変え、ふたたび釣り竿を振った。

胴着の陥没面積は拡がったが、まだ小さい。次に三十号の錘に変え、三度キャストしてみる。今度は、胴着のへこみ方が大きくなってしまった。

半沢は投げる位置を五、六メートル後方に移し、またもや三十号の錘を投げ飛ばしてみた。

すると、胴着のへこみ具合は野々村の額の陥没痕とほぼ一致した。

やはり、推測通りだった。プレジャーボートに乗っていた四十代後半の男が同じ方法で野々村保に脳震盪を起こさせたにちがいない。

半沢は確信を深めた。胴着と釣り具をカローラのトランクルームに戻し、運転席に入る。

だが、すぐには車を発進させなかった。半沢は煙草に火を点けた。

殺し方の見当はついた。後は誰がどんな動機で、若い野々村を水死させたかだ。

これまでの手がかりから、上司の津島恭輔に疑惑の目を向けたくなる。

特許庁の職員の俸給が特別に高いという話は聞いたことがない。津島という男に里見百合を愛人にするだけの金銭的な余裕があるだろうか。親が資産家で、株か不動産を生前贈与されたのか。そうだとしたら、副収入があるのだろう。

そういう副収入がないとしたら、津島は何か不正を働いて汚れた金を懐に入れていたのではないかと疑えるのではないか。

画期的なアイディアや商品を特許登録すれば、権利者は巨万の富を得られる。それだから、発明家や各企業は商品開発に励んでいる。欲望は不正と結びつきやすい。

特許庁職員たちを取り込みたがっている弁理士は少なくないだろう。

職員を味方にすれば、出願や登録手続きに便宜を図ってもらえるかもしれない。接待や金品に弱い職員は、弁理士たちのさまざまな誘惑に負けてしまうのではないか。

むろん、リスクは伴う。収賄が発覚すれば、当然、職場から追放されることになる。それでもサラリーマンや公務員の生涯賃金をはるかに上回る謝礼を握らされて酒や美女まで供されたら、不正に手を染める者が出てくるかもしれない。男たちの多くは、金と女に弱いものだ。津島の生活ぶりと身辺を探ってみることにした。

半沢は一服すると、マイカーを自宅に向けた。

家の近くで、散歩をしている母を見つけた。半沢はカローラをトヨの脇に停め、パワーウインドーを下げた。

「鴨川と違って、こっちは空気が汚れてるから、散歩も適当に切り上げたほうがいいよ」

「もう少し歩かないと、足腰が弱るからさ。それより、こんな時刻にドライブかい？あんた、まさか浮気してるんじゃないだろうね」

「おれには、そんな甲斐性はないって」

「それもそうか。寛子さんは、いい嫁だよ。世間には鬼嫁が多いようだが、一の奥さんは当たりだね。寛子さんを悲しませるようなことをしたら、わたしが赦さないよ」

「わかってる、わかってるって」

「事件の捜査は難航してるの？」

母が心配顔で訊いた。いくつになっても、子供は子供なのだろう。

「ようやく見通しがついてきたんだ」

「どんな理由があったにせよ、女を殺すような奴は極悪人さ。取っ捕まえたら、性根を叩き直してやりなさい」

「ああ、そうするよ。先に家に帰ってるからね」

半沢はマイカーを走らせはじめた。数分で自宅に着いた。カローラをガレージに納め、家の中に入る。

半沢はダイニングキッチンを覗いた。妻が朝食の仕度をしている。母が泊まるようになってから、いつも朝は和食だった。

「悪いな」

「えっ、何が？」

「おふくろ、あまりパンが好きじゃないからな。和食だと、手間がかかるだろう？」

「別に苦にはならないわ。朝、しっかりご飯を食べたほうが体にいいらしいわよ。それはそうと、どこに行ってきたの？」

「多摩川の河原まで、ちょっとな」

「川釣り？」

「いや、そうじゃないんだ」

半沢は、長男の友人の野々村保が殺された疑いがあることを話した。刑事は家族にも職務の内容を喋ってはいけないことになっているが、たまにルール違反をしていた。

「野々村君の額にそういう陥没痕があったんなら、あなたの推測通りなんじゃないの。彼は正義感が強かったから、職場の不正に目をつぶれなくて、独自に悪事の証拠を集めようとしてたんでしょ？」

「そう考えれば、事故に見せかけて殺されたことの説明がつくな」

「お義母さんは散歩に出たから、先に食べちゃう？」

「そうするか」

半沢は洗面所で髭を剃ってから、ダイニングテーブルに向かった。

食卓には、塩鮭、鱈子の旨煮、野菜入り卵焼き、納豆、海苔、野沢菜漬けなどが並んでいる。味噌汁の具は豆腐と和布だった。

半沢はゆったりと朝食を摂ってから、職場に向かった。

刑事課に入ったのは午前八時四十分ごろだった。奈穂しかいなかった。

半沢は自席に坐り、多摩川の河川敷で検証したことを奈穂に手短に話した。それから、野々村の上司の津島恭輔を怪しみはじめていることも打ち明ける。

「その津島氏が殺害された里見百合と愛人関係にあったんでしたら、特許庁に出入りしてる弁理士たちから汚れた金を貰ってた可能性はありますね。俸給だけじゃ、とても愛人の世話はできないでしょうから」

「こっちも、そう思うよ。ただ、津島に何か副収入があるかもしれないんだ」

「ああ、そうですね。そうなら、愛人を作ることもできるでしょう」

会話が中断したとき、小杉課長が刑事課フロアに入ってきた。

「半沢係長と鳩山署長は怖いもの知らずですね。志賀警部の取り調べに行き過ぎがあったことを本庁の刑事部長に報告したんだから」

「課長に一言も相談しなかったことは申し訳なかったと思っています」

「そのことはいいんだ。仮にわたしが異を唱えても、半沢係長は折れなかっただろうから。それに、署長ご自身が志賀警部の行き過ぎに目をつぶる気はなかったんでしょうし」

「ええ、それはね」

「お二人はカッコいいですよ。いつも堂々と自分の正義を貫き通せるんだから。どうすれば、半沢係長みたいになれるのかな」

「こっちは、ただ自分らしく生きたいと心がけてるだけです」

「今度の件で、更迭された須貝警視と志賀警部には個人的に恨まれるでしょう。下手したら、次の異動に響くことになると思うな」

「そういう心配はないでしょう。本庁の刑事部長は、まともなキャリアですので。そんなことより、須貝警視の後釜にはどなたが？」

「米倉剛管理官がきょうから、捜査本部事件の指揮を執られることになったそうです」

「そうですか。米倉警視も気骨のあるキャリアだから、頼りになるな」

「話の腰を折るようですが、捜査に何か進展は？」

「意外なことがわかりました」

　半沢は、野々村の死と宝石デザイナー殺害事件がリンクしている可能性があることを順序立てて喋った。

「その野々村保が事故に見せかけて始末されたんだとしたら、二つの事件は繋がってるようだね。星加が急死するまで、てっきり彼が里見百合を絞殺したのだと思っていたが、真犯人は別にいたんだな」

「ええ、おそらくね」

「半沢係長、今回も本社の面々を出し抜いてください。所轄が白星をあげるたびに、わたし、こっそり祝杯を上げてるんだ。これは桜田門の連中には内緒ですよ。へへへ」

　小杉が妙な笑い方をして、自分の席に足を向けた。半沢は奈穂と顔を見合わせ、目で笑い合った。

　部下たちの顔が揃ったのは午前九時十分ごろだった。半沢は同じフロアの会議室で、強行犯係のメンバーに新たな情報を教えた。

「特許庁の津島は旧知の弁理士たちに無心して、美人宝石デザイナーを囲ってたんじゃないですか？」

草刈が言った。今井、堀切、宇野の三人が相槌を打つ。

「草刈は堀切とペアを組んで、津島恭輔の夜の動きを探ってくれないか。旧知の弁理士たちに袖の下を使わせてるんだったら、高級クラブや料亭でもてなされてるにちがいない。できれば、贈収賄の証拠を握ってもらいたいんだ」

「わかりました」

堀切が即座に応じた。

「森と村尾は、津島の夫婦仲や暮らし向きを調べてくれ。おれと伊織は特許庁で聞き込みをする」

「わたしは、いつものように中継役をやればいいんですね？」

「そうだ」

半沢は今井に言って、最初に椅子から立ち上がった。小杉課長の席に歩み寄り、所轄署の捜査状況を捜査本部に報告してくれるよう頼んだ。所轄の刑事が捜査本部に気軽に顔を出しにくい雰囲気があった。本庁との合同捜査なのだが、主導権は桜田門に握られていた。

「その件は責任を持って伝えます。半沢係長、いよいよ大詰めだね？」

「まだわかりませんよ。どんでん返しがあるかもしれませんので」

「それはないと思うがな。里見百合と野々村保の二人を殺(や)ったのは、特許庁の津島という男でしょ？　本人は手を汚さなかったとしても、二つの事件に深く関与してるはずですよ」

小杉が自信たっぷりに言った。半沢は曖昧(あいまい)に笑って、自席に戻った。

部下たちがペアを組んで出かけていった。半沢も奈穂を伴って、刑事課を出た。一階の交通課の脇を抜け、署の裏の駐車場に向かう。

ほどなく半沢たちはスカイラインに乗り込んだ。

特許庁は千代田区霞が関三丁目にある。半沢は覆面パトカーで町田街道を進み、東名高速道路の横浜町田ＩＣ(インターチェンジ)から上(のぼ)り車線に入った。

「赤色灯を屋根(ルーフ)に装着させましょうか？」

助手席の奈穂が指示を仰(あお)いだ。

「その必要はない。犯人を逮捕(パク)りに行くわけじゃないからな。やたらサイレンを鳴らして、一般車に迷惑をかけるわけにはいかない」

「そうですね」

「おれが渋谷署にいたころ、昼飯を喰(く)いに行くのにサイレンを派手に響かせて覆面(メン)パトを定食屋に横づけしてた暴力団係(マルボウ)刑事がいたんだ」

「それはひどい話ですね」

「その男は暴力団の幹部の馴染みのクラブに行くときも、つき合ってる女のマンションに行くときも赤色灯を点滅させてた。そいつは小遣いを貰って、やくざたちに警察の手入れ情報を流してたんだよ」

「典型的な悪徳刑事ですね。いまもその彼は、渋谷署にいるんですか？」

「いや、八年前の夏に宇田川町の裏通りで頭を撃ち抜かれて死んだ」

「犯人は捕まったんですか？」

「まだ逮捕られてない。暴力団関係者の仕業だと思うが、射殺された奴は警察官のイメージダウンになるようなことばかりしてたから、捜査員たちは事件解明に努力する気になれなかったんだろう」

「でしょうね。自業自得だわ」

「それはともかく、警察官の特権はできるだけ使わないほうがいいな」

半沢は言い諭して、運転に専念した。

特許庁に到着したのは午前十時半過ぎだった。半沢たちは受付に直行した。刑事であることを明かし、津島との面会を求める。津島は出願課の課長だという話だった。

「出願課を直接、お訪ねください」

受付の女性が言った。半沢たちは案内板で確認してから、出願課に回った。

カウンターの前には、弁理士事務所のスタッフと思われる男女が五、六人いた。いずれも出願書類を手にしていた。

　奥から四十八、九歳の男が姿を見せた。細身で、色が浅黒かった。それが津島恭輔だった。

　半沢は素早く背広を値踏みした。

　いかにも仕立てのよさそうなスーツだ。左手首の時計はフランク・ミュラーだった。超高級腕時計だ。百万円以上の値で買ったと思われる。

「町田署の方が、どうしてここに⁉」

　津島が訝しそうに言った。

「先月の六日に小田原で水死した野々村保君は、わたしの長男の学生時代の友人だったんですよ」

「そうなんですか。野々村君は優秀な部下でした。とても残念です。まだショックが尾を曳いてます」

「野々村君は事故死じゃなく、殺されたかもしれないんですよ」

「なんですって⁉　あんな好青年をいったい誰が……」

「まだ犯人の絞り込みはできてないんです。廊下に出ましょうか」

　半沢は奈穂を目顔で促し、最初に出願課を出た。

　奈穂と津島が従いてくる。半沢は出入口から少し離れた廊下にたたずんだ。津島が向き合う位置に立った。

「捜査中ですので、詳しいことは申し上げられませんが、野々村君は額に何かぶつけられて意識を失ったまま、防波堤から落下したようなんです。わたしの息子も故人の母親も、保君は泳ぎがうまかったと証言しました」

「そういえば、部下の誰かから、そういう話を聞いたことがあります。要するに、野々村君は事故を装った殺人事件の被害者だってことですね？」

「そういうことになると思います。まだ物証が揃っていないので、断定はできませんがね。ところで、あなたは先日殺害された宝石デザイナーの里見百合さんをご存じでしたでしょ？」

「いいえ、そういうお名前の女性は存じ上げません」

津島が澱（よど）みなく答えた。

「おや、そうですか。変だな」

「何がです？」

「野々村君があなたに頼まれて、何かを里見百合の自宅マンションに届けたという情報を摑（つか）んだんですよ。『つくし野パークパレス』の五〇三号室です」

「どこの誰が、そんなでたらめを言ったんですかっ。わたしは、そういう女性とは一面識もありません。したがって、自宅マンションの所在地も知るわけがない。野々村君に何かを代理で届けてもらったなんて、まるで根拠のないデマですよ」

「わたしが入手したのは偽情報だったのかな」

「そうとしか考えられませんね」

「話は違いますが、あなた、釣りをやりますでしょ？　よく潮灼けしてますからね。わたし、千葉の鴨川育ちなんですよ」

「子供のときに何度か川釣りをしたきりです。生まれつき色が黒いんですよ。潮灼けしてるわけではありません」

「そうだったのか。亡くなる前、野々村君は何かを調べてたと考えられるんですが、何か思い当たりません？」

　半沢は揺さぶりをかけた。際どい賭けだった。

「いいえ、特に何も」

「そうですか。どうも野々村君は何か不正を嗅ぎ当てたようなんですよ」

「特許庁に何か不正があったと……」

「まだ断言はできません。同僚や上司の個人的な不正だったのかもしれませんね」

「どっちにしても、野々村君が何かを探ってるような気配はうかがえませんでしたよ」

「そうですか。またも空振りなら、いい加減な情報に振り回されてるんだろうな」

「そうなんだと思いますよ」

「野々村君と親しかった同僚の方をどなたかご紹介願えませんか」

「彼よりも一つ年上の井出幸寿とは仲がよかったですね。同じ出願課の部下です。その井出をここに来させましょう。わたしは仕事が溜まっているので、これで失礼させてもらいます」

津島が一礼し、出願課に引っ込んだ。

「うろたえた素振りは見せなかったけど、里見百合とは一面識もないなんて、逆に怪しいと感じました」

奈穂が小声で言った。

「それは、こっちも感じたよ。背広と腕時計、見たか？」

「ええ。どちらも安物じゃありませんでしたね。津島課長に何も副収入がないとしたら、弁理士か大手企業の技術開発室長あたりから金品を貰ってる可能性は高いと思います」

「ああ、そうだな」

半沢は口を閉じた。

そのすぐ後、出願課から眼鏡をかけた小太りの男が出てきた。井出幸寿だった。半沢は自分たちが刑事であることを明かし、野々村が殺された疑いも否定できないと語った。

「小田原署が事故死と処理したという話を通夜のときに遺族に教えられたのですけど、なんか納得できませんでした。だって、野々村の額には陥没痕があったんですよ。あいつは何か固い物を額にぶつけられて、何分か意識が混濁したんじゃないのかな。だから、河童の野々村が溺れ死んじゃったんでしょう」

「われわれも似たような推測をしたんですよ。それはそうと、野々村君は誰かの不正に気づいたと思われるんだが、何か心当たりは？」

「野々村は春ごろから、出願書類の受付日が故意に改ざんされた痕跡があると洩らしてました。それも一件だけではなく、十件以上もね」

「出願日を早めることによって、特許権、実用新案、意匠、商標の登録日も必然的に早くなるわけでしょ？」

「ええ、そうです。すでに類似の特許権出願がされてても、後出し書類の受付日が早ければ、その出願者が発明や考案の権利を得てしまうわけです」

「ちょっと待ってくれないか。パテント出願の際には、受け付け前に職員たちが申請内容をチェックするんでしょ？　すでに同じような発明や考案が出願されたり、登録されてないかをね」

「ええ、そうです。しかし、アイディアがそっくり同じでなければ、新案と認められるケースもあるんですよ。明らかにアイディア盗用とわかるものは当然、受け付け拒否になりますけどね」

「そうだろうな。逆に言うと、〝そっくりさん〟でなければ、各種の新案は出願を認められるんだね？」

「ええ、そうです」

「悪知恵の発達した奴だったら、特許庁の職員を抱き込んで、出願中の特許内容を教えてもらって、アイディアを盗用しそうだな。それで似たような新案を出願して、その受付日を改ざんしてもらえば、権利者になれちゃうわけだ？」

「理屈では、そうなりますね。ですけど、協力する職員はいないでしょう。そんな犯罪行為に加担したら、前途(ぜんと)を閉(と)ざされますので」

「そうだね。しかし、何か切(せ)っ羽(ぱ)詰まった事情があったら、危ない橋を渡る人間も出てきそうだな。それはそうと、弁理士や各メーカーの技術開発者たちに食事やゴルフに誘われたことは？」

「何度もありますよ。しかし、そういう甘い誘惑に乗ってしまったら、身の破滅です。それだから、常にわれわれは自分を律(りっ)してるんですよ」

　井出が言った。

「そういう誘惑には乗らないことだね」

「はい」

「話を元に戻すが、出願日を改ざんした奴を野々村君は突きとめたんだろうか」

「それはわかりませんが、野々村は津島課長のスケジュールに関心を持ってたようですよ」

「ふうん」

半沢は興味なさそうに応じたが、大きな収穫を得た気がしていた。井出が、ちらりと腕時計に目をやった。

「協力に感謝します」

半沢は井出に軽く頭を下げた。井出が出願課に戻った。

「少し間を置いてから、さりげなく出願課に入って、ポリスモードのカメラで津島課長の顔写真を撮ってきてくれ」

半沢は奈穂に耳打ちした。

「その写真を『つくし野パークパレス』の入居者に見せて、津島恭輔が殺された宝石デザイナーの不倫相手かどうか確認するんですね？」

「そうだ。察しがいいな」

「親方の指導のおかげです」

「そんなお世辞は伊織には似合わないな」

「お世辞なんかじゃありません」

奈穂が少し頬を膨らませ、出願課の出入口に向かった。

半沢は愛娘に拗ねられたような気がして、幾らか動揺した。

2

エレベーターが停止した。

五階だった。『つくし野パークパレス』である。

奈穂は先にエレベーターホールに降りた。少し遅れて半沢が函から出てきた。

あと五分ほどで、正午になる。二人は特許庁から、このマンションにやってきたのだ。

奈穂は歩廊を進み、五〇二号室のインターフォンを鳴らした。被害者宅の隣室だ。

ややあって、スピーカーから応答があった。

声に聞き覚えがあった。死体の第一発見者の真鍋弓子の声だ。

「町田署の者です。ちょっと確認させてほしいことがありまして……」

「少々、お待ちください」

「はい」

奈穂は半歩退がった。いつの間にか、半沢が背後に立っていた。

五〇二号室のドアが開けられた。弓子はエプロン姿だった。昼食の仕度をしていたようだ。

「ちょっと見てほしいんです」

奈穂は刑事用携帯電話(ポリスモード)を取り出し、ディスプレイに津島の顔写真を映し出した。やや不鮮明だが、顔立ちはわかるだろう。

「その男性は？」

「殺害された里見百合さんの彼氏かもしれないんですよ。この男が五〇三号室に出入りしてたと思うのですが……」

「一度も見かけたことありません」

「ほんとに⁉」

「ええ。間違いありません。わたし、人の顔は割合、忘れないほうなんです。でも、その方は見た記憶がありませんね」

「そうですか。ご迷惑をかけました」

「いいえ、どういたしまして」

弓子が静かにドアを閉めた。

「津島課長は里見百合と親密な間柄じゃなかったんでしょうか？」

「五階の居住者の全員に津島の顔写真を見てもらおう」

半沢が言った。

奈穂はうなずき、五〇一号室に回った。インターフォンを何度押しても、なんの応答もなかった。どうやら留守のようだ。

五〇四号室から五〇九号室までは、入居者が在宅した。しかし、津島を見た記憶のある者はひとりもいなかった。

奈穂たちは念のため、四階と六階の各室も訪ねてみた。だが、津島を目撃した入居者はいなかった。

「どういうことなんですかね。宝石デザイナーの交際相手は、津島恭輔じゃないんでしょうか？」

「津島は不倫が発覚することを恐れて、決して百合の部屋を訪ねなかったようだな。もっぱら二人は、外で密会してたんだろう」

「そうなんでしょうか」

「どこかで昼飯を喰って、野々村君の家に行ってみよう」

「はい」

奈穂たちは一階のエントランスロビーに降りた。すると、エレベーターホールに、星加幹則の兄嫁が立っていた。

「先日は、どうも失礼しました。こちらには何をしにいらしたんです？」

半沢が千枝に訊いた。

「今朝、浜松の叔母から電話がありまして、従妹の百合が銀行の貸金庫を借りてたはずだと言ったんです。東西銀行の長津田支店の貸金庫をね。それで、貸金庫のロッカーの鍵が五〇三号室のどこかにあるのではないかと思って……」

「そうですか。われわれも立ち合わせてもらってもかまいませんか？」

「ええ、どうぞ」

千枝が快諾した。

奈穂たち二人は星加の義姉と一緒にエレベーターに乗り込んだ。千枝がスペアキーを使って、五〇三号室のドアロックを解除した。

三人は入室した。室内の空気は蒸れていた。奈穂は千枝に断ってから、居間のベランダ側のサッシ戸を開けた。

千枝が銀行の貸金庫の鍵を見つけたのは数十分後だった。それは、居間の壁に飾られたリトグラフの額の裏側にビニールテープで留めてあったという。

奈穂たち三人は五〇三号室を出た。

千枝を覆面パトカーの後部座席に乗せ、東西銀行長津田支店に向かった。十数分で着いた。半沢が身分を告げ、支店長に協力を求めた。

支店長の案内で、奈穂たちは貸金庫室に入った。千枝は支店長が歩み去ってから、死んだ従妹が借りていたロッカーを開けた。

　特許庁の名の入った書類袋には、二枚の小切手が入っていた。

　片方の額面は一千万円で、振出人は津島恭輔になっていた。もう一方は五百万円の預金小切手で、振出人は柏原弁理士事務所だった。代表者名は柏原宏二だ。

　奈穂は必要なことをメモした。柏原弁理士事務所は港区芝大門一丁目にあった。

「こんな高額な小切手を二枚も保管してたなんて、びっくりしました。わたしの従妹は何か悪いことをしていたのでしょうか？」

「そうじゃないと思いますよ」

　奈穂は言った。

「でも、フリーの宝石デザイナーだった百合が弁理士事務所から五百万円の預金小切手を受け取ってたなんて……」

「悪いことをしてたのは、不倫相手と思われる津島という男でしょう。その彼は特許庁の出願課の課長なんですよ。おそらく津島は特許出願に絡むことで特定の弁理士や企業に便宜を図ってやって、巨額の謝礼をせしめてたのでしょう。その一部が津島の愛人だった里見百合さんに回されたんだと思われます」

「百合は、その津島という男性の不正に気づいていたんでしょうか？」

　千枝が半沢に顔を向けた。

「そのあたりのことはまだ何とも言えませんが、あなたの従妹が津島の犯罪を知っていたとすれば……」

「従妹は、津島という男に絞殺されたのかもしれないんですね？」

「その疑いはあるでしょう」

「百合は相手の弱みにつけ込んで、強く離婚を迫ったのでしょうか。そして、自分と結婚してくれなかったら、相手の不正を暴くと脅迫したのかしら？　それで、殺されることになってしまったのかな」

「捜査を進めれば、そのへんのことも明らかになると思います」

半沢が千枝に言って、奈穂に目配せした。引き揚げようというサインだ。

奈穂たちは千枝に謝意を表し、先に外に出た。

「腹ごしらえをしたら、野々村君の家と芝大門の柏原弁理士事務所に行ってみよう」

半沢が言って、斜め前にある日本そば屋に足を向けた。奈穂は半沢に従った。

二人は隅のテーブルにつき、どちらも天ぷらそばを注文した。半沢は、食べ方がかなり遅い。

奈穂は上司のペースに合わせて、ゆっくりとそばを啜った。

支払いは割り勘だった。すぐに二人はスカイラインに乗り込んだ。

目黒区上目黒にある野々村の生家に着いたのは、午後一時半過ぎだった。半沢が野々村の母親に故人が殺された疑いが濃くなったことを告げ、保の部屋を検べさせてほしいと申し出た。

晶子は二つ返事で、奈穂たちを死んだ息子の部屋に導いた。

奈穂は半沢と手分けして、室内を検べはじめた。しかし、津島課長の不正を裏付けるような証拠は見つからなかった。

「息子さん、ブログをやってませんでした？」

奈穂は野々村保の母に問いかけた。

「そのようなことを言ってましたけど、よくわかりません」

「そうですか。ちょっとチェックさせてもらってもいいですか？」

「ええ、どうぞ」

晶子が回転椅子を引いた。奈穂はノートパソコンに向かった。半沢の長男の友人は、匿名でブログを愉しんでいた。

奈穂は春先からの書き込みを読みはじめた。

野々村は自分の仕事の内容には詳しく触れていなかったが、信頼していた上司が職場で不正行為をしている疑いがあると記述していた。さらに、内部告発するかどうかで苦悩している様子が伝わってきた。

「ブログの中に書かれてる上司というのは、津島課長と考えてもいいと思います」

半沢がパソコンのディスプレイを見ながら、野々村保の母に声をかけた。

「えっ、まさか⁉」

「これまでの捜査結果から、まず間違いないでしょう」

「そんな話、信じられません。聞きたくないわ」

晶子が童女のように首を大きく振った。

半沢が津島の疑わしい点を話した。殺害された宝石デザイナーのことにも触れ、野々村が上役の代理として、百合の自宅に何かを届けたらしいという証言もあると付け加えた。

「課長さんが特定の弁理士やメーカーと結託して、出願日を改ざんしてたなんて、やっぱり信じられません。刑事さん、よく考えてみてください。そんな不正を働いたら、両手が後ろに回ってしまうんですよ」

「ええ、そうですね。しかし、人間は弱いものです。金や色欲に負けて、魔が差すこともあります」

「それはわかりますけど」

「何か事情があって、どうしてもまとまった金が必要になったら、人間は大胆な行動を取るものです。わたしが逮捕した犯罪者の約半数は、職場や隣近所の人たちの目には温厚な善人と映ってました。そんな平凡な市民が何かの弾みで、大それたことをやってしまう。それが人間なんだと思いますよ、哀しいことですがね」

「それにしても、なんだか納得できません。津島課長が保を事故に見せかけて、わざと水死させたかもしれないと考えると、頭が変になりそうだわ」

「いまの世の中は、何があってもおかしくありません。現実に親が自分の子を殺してますし、その逆のケースも起こっています。兄弟や友人がいがみ合って、殺意を懐くようになることもあります。職場、学校、家庭と環境は違ってても、人間同士はぶつかり合うもんですよ。軋轢があれば、さまざまな犯罪が生まれます」

「そんなふうに冷静には考えられないわ。わたしの息子が頼りにしてた上司に殺されたかもしれないなんて、あまりにも残酷ですよ」

晶子が頽れ、床の一点を虚ろな目で見つめた。

奈穂は椅子から立ち上がり、晶子の肩を黙って抱いた。他人が何かで打ちひしがれているときは、なまじ言葉はかけないほうがいい。ただ、そばにいてやることが最も思い遣りのある行為なのではないか。

「話が矛盾するようですが、まだ津島課長が息子さんを故意に水死させたと決まったわけではありません。配慮が足りなかったと反省しています。ご容赦ください」

半沢がひざまずいて、晶子に詫びた。その言葉で少し救われたのか、野々村の母がゆっくりと立ち上がった。

「ご協力、ありがとうございました」

半沢が部屋を出た。奈穂は晶子を力づけ、上司につづいた。

二人は野々村宅を出ると、覆面パトカーで芝大門をめざした。

柏原弁理士事務所を探し当てたのは、およそ五十分後だった。事務所は、大通りに面した洒落た雑居ビルの三階にあった。

奈穂たちは雑居ビルの脇にスカイラインを駐め、柏原弁理士事務所を訪ねた。応対に現われたのは二十四、五歳の女性事務員だった。

「所長の柏原さんにお目にかかりたいんだが……」

半沢が警察手帳を呈示した。

「申し訳ありません。柏原は十分ほど前に横浜のクライアント企業に向かってしまったんですよ。きょうは、もうオフィスには戻らない予定になっています」

「そう」

「あのう、ご用件をおっしゃっていただければ、必ず柏原に伝えますけど」

「ちょっとした聞き込みなんだ。また出直すよ。特許庁の津島さんと柏原さんは親しいようだね?」

「ええ。所長と津島さんは高校で同級だったらしいんですよ。それで、よく銀座に飲みに行ったり、海釣りに出かけてるみたいですね」

「そう。柏原さんはフィッシングクルーザーかプレジャーボートを持ってます?」

「どちらも所有していないと思いますよ。所長は、もっぱら仕立て船で海釣りをしてるって話でしたから。柏原と特許庁の津島さんが何か法律に引っかかるようなことをしたんですか?」

　相手が不安顔になった。

「そういうことじゃないんだ。単なる聞き込みなんですが、日を改めましょう」

「何かご伝言は?」

「特にないな。お邪魔しました」

　半沢が言って、女性事務員に背を向けた。奈穂は相手に一礼し、そっとドアを閉めた。

「津島は子供のころに川釣りをしたことがあるだけだと言ってたが、あの肌の黒さはやっぱり潮灼けだろうな」

「われわれに嘘(うそ)をついたのは、疚(やま)しさがあったからなんでしょう」

「そう考えてもいいだろうな。おそらく津島は自分の犯罪を隠し通すために部下の野々村保を溺死(できし)させ、不倫相手の里見百合も始末したんだろう」

「そうなんでしょうね」

「伊織、いったん署に戻ろう」

「はい」

二人はエレベーター乗り場に足を向けた。

3

尾行に気づかれたのか。

マークした津島はワンメーターでタクシーを降り、喫茶店の中に入っていった。虎ノ門のオフィス街だ。

半沢はスカイラインを路肩に寄せた。

午後六時半過ぎだった。半沢は奈穂と『つくし野パークパレス』から署に戻り、ふたたび特許庁を訪れたのである。といっても、津島との面会を求めたわけではない。庁舎の前で張り込み、津島を尾けはじめたわけだ。

「わたし、喫茶店の中に入りましょうか？　もしかしたら、津島は弁理士かメーカーの技術開発関係者と店で落ち合うことになってるのかもしれませんから」

助手席の奈穂が言った。

「そうだな。しかし、すぐに店に入るのはまずいよ。十五分ほど待ってみよう」

「わかりました」

「少し先にハンバーガーショップがあるな。腹が空いてたら、何か買ってきてもかまわないぞ」

「それほどお腹は空いてません」

「そうか」

半沢は煙草をくわえた。さりげなく運転席側のパワーウインドーを下げる。喫煙習慣のない部下に対する気遣いだ。

車内では極力、煙草を喫わないようにしていた。しかし、張り込みや尾行のときは、どうしても緊張感を覚える。そのため、つい煙草をくわえてしまう。

「悪いな」

「はい？」

「車の中で煙草を喫うのはマナー違反なんだが……」

「気にしないでください。わたし自身は喫いませんけど、煙草の匂いは別に嫌いじゃありませんので」

「それでも間接喫煙になるわけだから、伊織の肺も汚れてしまう」

「少しぐらい肺の中が黒くなっても、どうってことありませんよ。腹黒くなりたくはありませんけどね」

「優しい娘だな、伊織は」

「親方のほうがずっと優しいですよ」

「そんなこと言われると、尻の穴がこそばゆくなるなあ。おっと、失礼！　女性の前で下品すぎたな」

「ええ、ちょっとね」

奈穂が微苦笑した。

一服し終えて五分も経たないうちに、津島が喫茶店から出てきた。黒縁の眼鏡をかけ、やや長めのウィッグを被っている。

「津島、変装してますね。ということは、これから弁理士かメーカーの社員に会うのかもしれませんよ」

「多分、そうなんだろう」

半沢は津島から目を離さなかった。

津島が車道に降りタクシーを拾った。半沢は覆面パトカーを発進させ、津島を乗せたタクシーを慎重に追尾しはじめた。

タクシーは新橋を通過し、東銀座方面に向かっている。築地の料亭で接待を受けることになっているのか。

半沢の予感は当たった。

やがて、タクシーは築地四丁目にある『喜久川』という名の料亭の前で停まった。

津島は馴(な)れた足取りで料亭の中に消えた。たびたび接待を受けているのだろう。

半沢は『喜久川』の隣の雑居ビルの横にスカイラインを停止させた。数分過ぎてから、自分だけ車を降りた。

半沢は『喜久川』に足を向けた。料亭の玄関前には、六十絡(がら)みの下足番の男がいた。鶴のように痩身(そうしん)だ。そのせいか、目がやけに大きく見える。

「警察の者です」

半沢は穏(おだ)やかに下足番に声をかけ、写真付きの警察手帳を見せた。

「ご苦労さまです」

「少し前に特許庁の津島課長が座敷に上がりましたよね？」

「は、はい」

相手が困惑顔になった。

「どなたの席に招(よ)ばれたのかな」

「いま女将(おかみ)を呼んできます。そういうご質問には、わたしの一存ではお答えできませんので」

「あなたに決して迷惑はかけません。ですので、捜査にご協力ください」

「津島さまが何か事件に関与されているのでしょうか？」

「ええ、まあ。彼は、ちょくちょく『喜久川』に来てるようですね」

「月に二、三度は、お見えになっています」

「いつも弁理士の柏原宏二さんの席に招ばれてるんでしょ?」

「そこまでお調べでしたか。そういうことなら、正直に申し上げましょう。席をご予約されているのは必ず柏原さまです。ですが、請求書を送付しているのは大企業の経理課なんです。柏原さんの口利きで、各企業はパテントを取得できたのかもしれません。これは、わたしの推測なんですがね」

「多分、その通りなんでしょう。柏原弁理士はもちろんのこと、接待側の各企業は津島課長に揉み手で接してたんでしょ?」

「はい、そうですね」

「これまでの接待側の企業名を教えてもらいたいんだが……」

「さすがにそこまで教えるわけにはいきません。どうか勘弁願います」

「別に脅すわけではありませんが、この料亭の前で柏原弁理士、津島課長、それから大手メーカーの技術開発関係者が逮捕されることになったら、客足は遠のきそうですね」

「えっ⁉」

「それぞれの事件関係者が別の場所で逮捕されたんなら、『喜久川』さんの営業には響かないと思います。しかし、ここで……」

「わかりました」

下足番が意を決したような顔つきで、柏原弁理士と一緒に津島をもてなした家電メーカーや自動車メーカーなどの名を明かした。その数は十社以上で、いずれも東証一部上場企業だった。その多くは、テレビＣＦのナショナル・スポンサーとして知られていた。

津島が特許出願書類の受付日を故意に早めて、それぞれにパテントの権利を与えていたのではないか。そうなら、謝礼は一件に付き一億円以下ということはないだろう。そのほかにも柏原弁理士からも、それ相当の挨拶料を貰っているにちがいない。津島が死んだ美人宝石デザイナーの面倒を見てやっていたのだろう。

「刑事さん、わたしが職を失うことになったら、恨みますよ。もう六十二歳ですから、再就職はできないでしょう」

「あなたのことは最後まで伏せつづけます。それはそうと、柏原弁理士が予約した席にはメーカーの偉いさんも同席されてるんでしょ？」

「大手金型メーカーのＮＨ機工の副社長と技術開発部長のお二人が同席されています。詳しいことは知りませんが、ＮＨ機工は先月、製造工程を短縮できる技術開発の特許権を得たという話ですよ」

「で、祝宴を上げることになったわけか」

「そうなんでしょうね」

下足番の男が振り返り、急にそわそわとしはじめた。

半沢はNH機工の副社長と技術開発部長の氏名を探り出してから、覆面パトカーに戻った。部下の奈穂に聞き込みで得た情報を伝える。

「そういうことなら、ざっと見積っても、津島は十数億円の賄賂を受け取っているんでしょうね」

奈穂が言った。

「おそらく、そうなんだろうな。津島はそう遠くない日に特許庁を辞めて、何か起業する気なのかもしれない」

「たとえば、どんなビジネスを興そうとしてるんでしょう？」

「優秀な弁理士を集めて、総合特許事務所の経営者になることを考えてるのかもしれないな。中国、韓国、タイなんかで、日本製品のコピー商品が大量に密造されてる。各種のパテント出願ビジネスだけではなく、特許権、意匠権、商標権侵害の損害弁償業務の代行まで手がければ、かなり旨みがあるだろう」

「ええ、そうでしょうね。これまでと畑違いの事業に手を出したら、失敗する率が高いでしょうし」

「そうだな」

「津島課長は愛人の里見百合に妻との離婚を強く迫られて、彼女を絞殺してしまったんじゃないのかな。その前に自分の不正を嗅ぎ当てた野々村保を事故に見せかけて水死させた」

「ああ、多分な」

半沢は口を結んだ。

それから間もなく、森刑事から電話がかかってきた。

「親方、意外な事実がわかりました。津島は十一年前に妻の真知子（まちこ）、四十四歳と結婚して、杉並区梅里（うめさと）の分譲マンションを新居にしたのですが、数カ月後に別居してるんですよ。津島は自宅マンションを出て、中野区野方（のがた）の賃貸マンションで暮らしてるんです」

「結婚間もなく夫婦仲は悪くなったわけか。それなのに、なぜ二人は離婚しようとしないんだろうな。確か夫婦に子供はいなかったはずだ」

「ええ。どうも津島は妻の真知子と偽装結婚したようなんです」

「それ、どういうことなんだ？」

「同性しか愛せない者同士がカミングアウトする勇気がなくて、身内や知人の目を欺（あざむ）くために形だけの夫婦になったみたいですよ」

「森君、津島はゲイだってことなんだな？」

半沢は確かめた。

「ええ。津島の交友関係をとことん洗ってみたのですが、若いころから親密な異性はひとりもいなかったんですよ。その代わり、ゲイたちとは何人も交際して、数年ごとにパートナーを替えて同居してきたようです。現在は独り暮らしをしてますけどね」

「驚いたな」

「妻の真知子も少女時代からレズで、異性の恋人はいなかったようです。いま津島の妻は、小劇場の女優と一緒に生活しています。真知子は男役のようで、パートナーは女っぽい感じでした。津島と真知子は十二年前に同性愛者たちの親睦パーティーで出会って、偽装結婚を思いついたようです」

「津島がゲイなら、殺された里見百合の不倫相手とは考えられないな」

「そうですね。津島は誰か親しい知り合いを庇うため、宝石デザイナーの彼氏の振りをしてたんでしょう」

「そうとしか考えられないな。そうか、そうだったんだろう。だから、津島は自分が振出人になって、里見百合に一千万円の小切手を渡したんだ。真の彼氏だったら、愛人には現金を渡すだろうからな」

「ええ、そのほうが自然ですよね。津島は謎の誰かと百合の関係が表沙汰にならないよう一役買って、宝石デザイナーの彼氏役を演じたんでしょう」

「そうなんだろうな、おそらく」

「親方、弁理士の柏原が百合の不倫相手だったとは考えられませんか？」

　森が言った。

「それは考えにくいな。百合が借りてた銀行の貸金庫のロッカーには、柏原弁理士事務所振り出しの小切手も入ってた。津島が百合の真の彼氏に頼まれて、柏原に面倒な細工をしてもらったんだろう」

「そこまで手の込んだことをやるのは、正体不明の男はかなり社会的地位の高い男なんでしょうね。もちろん、既婚者でしょう。だから、里見百合との関係を何がなんでも隠したかった。ひょっとしたら、百合は有名な芸能人、アスリート、文化人なんかの愛人だったのかもしれないな」

「そうした連中は、ちょくちょくマスコミに登場してる。だから、週刊誌やスポーツ新聞の記者なんかに追い回されることが多いにちがいない」

「でしょうね。愛人なんか囲ってたら、すぐスキャンダル記事を書かれます」

「だろうな。津島が懸命に庇おうとしてるのは、巨大コンツェルンの二代目社長、大物政治家、エリート官僚といった人物なんじゃないだろうか」

「あっ、そうかもしれませんね。そうした〝勝ち組〟は女性スキャンダルが大きな失点になりますんで。多分、そういう人間が里見百合の彼氏だったんでしょう」

「森君の話を聞くまで、てっきり特許庁の津島が野々村保と里見百合の二人を殺害したと睨(にら)んでたが、宝石デザイナー殺しは別人の犯行だな」

「野々村のほうは、津島が事故に見せかけて水死させたんですかね？」

「まだ確証はないが、こっちはそう読んでる」

「そうですか。どちらにしても、津島をマークしつづけてれば、いずれ謎の人物と接触するでしょう」

「それを期待しようや。そっちと村尾は、もう引き揚げてもいいよ」

半沢は通話を切り上げた。刑事用携帯電話を懐に戻してから、奈穂に森からの報告内容をつぶさに伝える。

「意外な展開になりましたね。津島が同性愛者なら、宝石デザイナー殺しはシロでしょう。ただ、親方が言ったように野々村保を故意に水死させたのは津島臭いですよね。津島は職場での不正を部下の野々村に知られてしまったと考えられますから」

「そうだな」

「親方、津島は汚れた金でビジネスを興そうとしてるんじゃなくて、謎の人物に資金援助をしてるとは考えられませんか？」

「なるほど、そういう可能性もなくはないな。津島は謎の人物のために里見百合の彼氏の振りまでしてやったわけだから、資金を提供し、後で大きな見返りを得ようとしてるのかもしれないぞ」

「津島真知子は夫とカムフラージュ目的で結婚したんでしょうが、連れ合いの野心についてては知ってたんじゃありませんか。わたし、森刑事に真知子の住んでるマンションを教えてもらって、彼女に会ってみます」

「仕事熱心は結構だが、単独の聞き込みはまずいな。森君に電話して、そのあたりのことを津島の妻から探り出してもらおう」

「わかりました」

奈穂が口を閉じた。

半沢は、すぐに森のポリスモードを鳴らした。指示を与え、数分で通話を切り上げた。ほとんど同時に、着信ランプが灯った。

発信者は草刈だった。

「親方、自分と堀切は新宿二丁目に来てるんですが、津島は真性のゲイでしたよ。もうびっくりです。特許庁の元職員から津島がゲイバーに出入りしてるって話を聞いたんで、その裏付けを取りに来たんですよ」

「今回は、森・村尾班に一歩後れをとったな」

「えっ、もう森から津島がゲイだったってことを聞いたんですか⁉」

「そうだ」

半沢は経過を伝えた。

「後輩の森や村尾に先を越されるなんて、なんたる不覚なんだ。みっともないなあ」

「そう悔しがらないで、たまには後輩たちに花を持たせてやれよ」

「ええ、そうしましょう。それにしても、カッコ悪いことになったな」

「先に手柄を立てたいって気持ちもわかるが、チームの和も大事だ。時には後輩たちに点数を稼がせないと、人間関係がぎくしゃくするようになるぞ」

「それもそうですね。わかりました。もう女々しいことは言いません。森と村尾の成長ぶりを素直に認めてやります」

「そうしてやれよ」

「親方、津島がゲイだってことになったら、里見百合の彼氏は別人ですよね？」

草刈が言った。半沢は自分の推測を語り、津島を張り込み中であることも伝えた。

「柏原弁理士やNH機工の連中にもてなされているんだったら、今夜にも津島に任意同行を求めるべきでしょうね。それで津島を締め上げれば、背後の人物の名も吐くんじゃないですか？」

「微妙なところだな。津島が任意同行にあっさり応じてくれればいいが、拒否された場合は警戒されることになる。その結果、津島は謎の人物とは一切接触しなくなるだろう」

「そうなったら、捜査が難航しますね。もう少し津島を泳がせといたほうがいいのかもしれません」

「そうだな。もう少し考えてみるよ」

「自分と堀切も築地に回りましょうか？」

「いや、その必要はない。『喜久川』に二台も覆面（メン）パトが張りついてたら、どうしても人目につきやすいからな」

「わかりました。自分らは、いったん署に戻ります」

電話が切られた。

「草刈さん、森先輩に出し抜かれて、だいぶ悔しがってたみたいですね？」

奈穂が問いかけてきた。

「ああ。しかし、個人競技じゃないんだから、後輩刑事に先を越されたからって、あんまり気にすることはないんだ。強行犯係全体で力を合わせて、事件を解決させることが最も大事なわけだから」

「ええ、そうですね。でも、メンバーが切磋琢磨（せっさたくま）するのはいいことじゃないのかしら？」

「もちろん、それは必要なことだよ」

半沢は笑顔で言って、刑事用携帯電話（ポリスモード）を上着の内ポケットに突っ込んだ。

「親方、お腹空いたんじゃありませんか。わたし、表通りまで走って、何か食べる物ます」

「おれは、まだそれほど空腹じゃないが、そっちは何か買ってこいよ」

「それじゃ、調理パンと飲みものを買ってきます。もちろん、親方の分も買ってきます」

「それなら、金を渡さないとな」

「立て替えておきます」

奈穂が助手席から出て、急ぎ足で歩きだした。

半沢はパワーウインドーを下げ、ゆったりと紫煙をくゆらせた。煙草の火を消したとき、部下の森から電話があった。

「津島真知子から耳寄りな情報を得ました。津島は三十代後半ごろから、政治家になる夢を懐いてるらしいんですよ。それで、次の参院選に出馬予定の経済産業省の事務次官折笠潤、五十三歳の選挙準備を率先して手伝ってるというんです」

「二人は出身大学が同じなのか？」

「いいえ、そうじゃないそうです。二人は官僚出身の民自党議員のパーティーで意気投合して以来、親交を深めてきたというんですよ。折笠は来月で退官し、出馬表明する予定になってるようです。折笠が当選した暁には、津島は公認第一秘書にしてもらえることになってるという話でした」

「それで何年か後には、津島自身も政界進出を果たす気でいるんだろうな」

「ええ、三、四年後には都議選に打って出る気でいるそうです。親方、津島は職場で汚れた金を稼いで、その大半を折笠の選挙資金に回してやったんじゃないですか」

「こっちも同じことを考えてたんだ。折笠がみごと国会議員になったら、津島は恩人ってことになる」

「そうですね。津島が都議選に出馬する際には、借りのある折笠はバックアップせざるを得なくなります。津島はそこまで計算して、物心両面で折笠を支援する気になったんじゃないのかな」

「多分、そうなんだろう」

「真知子から、ゴルフを一緒にやってる津島と折笠のスナップ写真を借りましたんで、明朝、村尾と『つくし野パークパレス』の入居者たちに会ってみますよ。運がよければ、入居者の誰かが五〇三号室に出入りする折笠の姿を見てるかもしれませんからね」

「そうしてくれないか」

半沢は電話を切って、ヘッドレストに後頭部を密着させた。

今夜、津島がどこかで折笠と落ち合う確率は高くないかもしれない。それでも、半沢は津島が『喜久川』から出てくるまで張り込みを続行する気でいた。

4

出願課に達した。

奈穂はエレベーターを降りたときから、ずっと緊張していた。かたわらの半沢係長も、ふだんより表情が硬い。

前夜、津島が『喜久川』から出てきたのは十一時数分前だった。弁理士の柏原、NH機工の三井隆之副社長、横尾貴裕技術開発部長の三人に囲まれていた。

津島は尊大な態度で、用意された黒塗りのハイヤーに乗り込んだ。奈穂と半沢のコンビはスカイラインでハイヤーを追った。

津島はハイヤーで、まっすぐ野方の自宅マンションに戻った。奈穂たちは一時間ほどマンションの前で張り込んでみた。

しかし、津島が外出する気配はうかがえなかった。また、来訪者もいなかった。奈穂たち二人は張り込みを切り上げ、覆面パトカーで署に戻った。

どちらも、きのうは署内に泊まり込んだ。女性の奈穂には、仮眠室が与えられた。ベッドは四つあったが、ほかに仮眠をとる女性警察官はいなかった。

それでも、奈穂は熟睡できなかった。もともと枕が変わると、寝つけない性質だった。

腫(は)れぼったい目で二階の刑事課に降りたのは、午前八時半ごろだ。津島に任意同行を求めるかどうか検討しているようだ。

半沢係長と小杉課長が真剣な表情で何やら話し込んでいた。

課長席を離れた半沢は中継役の今井刑事に部下たちの役割分担をてきぱきと指示し、奈穂に目配せした。こうして二人は、霞が関にある特許庁にやってきたのである。

「あくまで任意同行を求めるわけだから、乱暴な物言(ものい)いは避(さ)けてくれ」

「わかりました」

「それじゃ、行くぞ」

半沢が低く言い、先に出願課に入った。

まだ午前十時を回ったばかりだが、特許の出願申請者たちがあふれていた。奈穂はカウンターの奥に視線を投げた。

だが、津島課長の姿は見当たらない。奈穂たちの姿に気づいた井出がカウンターから出てきた。水死した野々村と親しかった同僚である。

「津島課長にお目にかかりたいのだが……」

半沢が井出に話しかけた。

「まだ登庁していないんですよ。こんなことは初めてです」

「何か連絡は？」

「ありません。こちらから課長のスマホに何回も電話したんですが、いっこうに本人が出ないんですよ。体調を崩して、起きるに起きられないのかもしれません」

「そういうことなら、野方のマンションに行ってみよう」

「刑事さん、うちの課長は何か不正を働いていたんでしょ？　野々村が生前、怪しんでたことと関係がありそうですね」

井出が言った。

「捜査の内容は漏(も)らせないことになってるんだよ」

「それは、そうでしょうね。でも、これだけは教えてください。もしかしたら、野々村は課長に謀(はか)られて水死させられたんでしょ？　彼が津島課長の犯罪行為を知ったので。課長は出願申請日の日付を改ざんして、特定の弁理士や大手メーカーに便宜を図ってたんですよね？」

「想像に任せるよ」

「やっぱり、課長が野々村を死なせたようだな。逮捕される前に、一発ぶん殴ってやりたい気持ちです。ある時期まで、津島課長は野々村を異常なくらいかわいがっていたんですよ。ネクタイや腕時計をプレゼントしたりね」

「かわいがり方が度を越してるな」

「ええ、そうですね。本人は強く否定してますが、うちの課長は隠れゲイなんだと思います。別の課に移った後輩も、よく課長に髪や体を触られていましたから」

「そう」

「課長は野々村にまともに相手にされなかったんで、自分が受理した出願書類の日付を故意に改ざんしたにちがいない。野々村にそのことを看破(かんぱ)されてしまった。だから、野々村を陥(おとしい)れるためにね。しかし、課長は事故に見せかけて、野々村を小田原の海で溺死させたんだと思います」

「参考になる話をありがとう」

半沢が井出に言って、踵(きびす)を返した。奈穂も井出に目礼し、体を反転させた。

二人は特許庁を出ると、すぐにスカイラインに乗り込んだ。

「津島の塒(ねぐら)に行こう」

半沢が車を中野区に向けた。靖国(やすくに)通りをたどって、新宿を抜けた。

覆面パトカーが青梅街道に入って間もなく、半沢の懐で刑事用携帯電話(ポリスモード)が鳴った。スカイラインが路肩に寄せられた。半沢がポリスモードを耳に当てる。

奈穂は窓の外に目をやった。

街路樹の葉がわずかに黄ばみはじめていた。これからは、日ごとに秋の気配が濃くなるのだろう。

忙しさに取り紛れていると、つい季節の移ろいも見過ごしてしまう。仕事だけの人生は味気ない。友と語らい、身を焦がすような大恋愛もしてみたい。それでこそ、人生ではないか。

そう思いつつも、奈穂はいまは職務を最優先してしまう自分を知っていた。刑事になった以上、自分の手で難事件を解決させたい。

といっても、単に手柄を立てたいと考えているわけではなかった。尊敬している半沢と同じように人間の愚かさや弱さを理解できる温かみのある刑事になることが目標だ。

小・中学校時代に教室で孤立していた奈穂は、性悪説の支持者だった。しかし、性善説を信奉している半沢と接しているうちに、だいぶ感化された。

人間は生きるために狡さや打算に引きずられがちだが、そのことを心のどこかで恥じているのではないか。自分に甘く、他者には厳しく接している者が少なくない。

これまで奈穂は、そうした人間を軽蔑していた。だが、自分の中にも思い上がった部分や狡猾な面もあることに気づかされた。

人はみな、五十歩百歩なのではないか。そう考えると、どんなタイプの人間もいとおしくなってくる。

鼻抓み者でも、心を許した家族や友人には限りなく優しかったりする。富や名声を得ても、孤独感にさいなまれ、密かに涙する者もいるだろう。

誰も好き好んで人の道を踏み外す者はいない。それぞれ何かで追いつめられ、やむなく罪を犯してしまうのだろう。

半沢の教え通り、犯罪そのものは憎むべきだ。しかし、罪人に人間失格の烙印を捺すことは間違いだろう。真っ当に生きる努力を重ねているうちは、いつだって人生はリセットできる。

所詮、人間は弱い動物だ。誰も完全無欠ではない。だからこそ、誰かが躓いたときはさりげなく抱き起こす。弱者同士は支え合うべきなのではないか。

それぞれがそうした姿勢を保っていれば、腹立たしい犯罪や醜い争いは減少するはずだ。

人間も、人生も捨てたものではないのだろう。

奈穂は改めて思った。そのとき、半沢が通話を終えた。

「電話、草刈さんからだったみたいですね？」

奈穂は先に口を開いた。

「そうなんだ。堀切と一緒に柏原弁理士の事務所に行って、昨夜のことをちらつかせたら、真っ蒼になったらしいよ」

「それで？」

「草刈と堀切が交互に柏原を睨みつけたら、ついに柏原は特許庁の津島課長を抱き込んで出願日を改ざんさせて、十三社の各種メーカーに特許登録させたことを認めたそうだ」

「やりましたね、草刈さんたち」

「そうだな。津島には、各メーカーから総額十三億円の〝協力金〟が支払われてると供述しているそうだ。柏原自身もクライアントから貰った成功報酬の四億のうち、五千万円を津島に回したと吐いたらしい。それから里見百合が銀行の貸金庫に保管していた額面五百万円の小切手は、津島の指示で振り出したと言ってるそうだ」

「もう一枚の一千万の小切手は、津島自身が折笠潤と里見百合の不倫関係を隠すために……」

「そうなんだろうな。いま草刈たちは、丸の内にあるNH機工本社に向かってる。柏原がもう自白(ウタ)ってるんだから、三井副社長も横尾技術開発部長もシラは切り通せないだろう」

「そうでしょうね」

「柏原、三井、横尾の三人のことを持ち出せば、津島も観念して任意同行に応じる気になるにちがいない」

「そうだといいですね。野々村保は、やっぱり上司の津島に水死させられたんでしょうか？」

「多分、間違いないだろう。職場での不正が発覚したら、津島の夢は潰えることになるからな。部下の野々村を生かしておいたら、それこそ身の破滅だ」

「ええ、そうですね。津島みたいな利己的で冷酷な奴が政治家を志すなんて迷惑な話です。野心が完全に萎むまで、刑務所で真面目に罪を償ってほしいわ」

「そうだな。野望家の津島も悪人だが、彼から選挙資金を回させてたと思われる経産省の折笠事務次官はもっと悪党だよ」

「ええ、救いようがありませんね。野心家の津島をうまく利用しただけじゃなく、愛人の宝石デザイナーも殺害した疑いがあるわけですから。エリート官僚は、里見百合に奥さんとなかなか別れないことを詰られて、パニックに陥ったんでしょうね」

「ああ、そうなんだろう」

半沢がポリスモードを耳から離した。

その直後、ふたたび着信音が響きはじめた。半沢がディスプレイを見る。

奈穂は横目で発信者を確認した。森刑事だった。

「どうだった？」

半沢が森に問いかけた。

「………」

「そうか。津島の形だけの妻から借りたスナップ写真を見たマンションの入居者が、二人も折笠潤の顔を憶えてたんだな。そのうちのひとりは、五〇三号室の玄関先で百合と折笠がキスしてたのを目撃していたのか。それなら、宝石デザイナーの不倫相手は折笠に間違いないだろう」

「………」

「浜松郊外の火葬場で会葬者の顔をデジカメで撮ってた不審者が五〇三号室の様子をうかがってたって？　それで、職務質問をかけてみたのか」

「………」

「折笠に雇われた便利屋で、元ガードマンなんだな？　方波見睦夫、五十一歳か。村尾の腕に歯を立てて逃げようとしたんで、公務執行妨害で身柄を確保した？　ああ、上出来だよ。方波見って男を署に連行してくれ」

「………」

「雇い主の折笠にどんなことを頼まれたのか、できるだけ細かく吐かせてくれ。そうだな、津島も観念するだろう。もちろん、先に津島と折笠の逮捕状を裁判所に請求するさ」

「………」

「心配するな。柏原弁理士だけじゃなく、津島を抱き込んで不正に特許登録した大手メーカー十三社の関係者全員を地検に送致するよ」

「………」

「わかった。事件が落着したら、たらふく焼肉を喰わせてやろう。官費なんか遣うか。おれのポケットマネーでご馳走するよ」

「………」

「さすが江戸っ子は気前がいいって？　森君、なんか勘違いしてるな。おれは鴨川育ちだぞ。別に東京っ子に憧れてるわけじゃない」

「………」

「怒ってなんかないよ。そんなことぐらいで、いちいち傷つくわけないだろうが。こっちは打たれ強いんだ」

　半沢が豪快に笑って、通話終了キーを無骨な指で押した。

「森との遣り取りで、報告の内容はおおよそ見当がついたよな？」

「ええ。火葬場から逃げた奴は折笠潤に雇われてたんですね。おそらく折笠は、百合殺しで自分が捜査当局からマークされてるかどうか気になって仕方がなかったんでしょう」

　奈穂は言った。

「そうなんだろうな。だから、折笠は便利屋の方波見って男を雇う気になったにちがいない」

「いろいろ手を打ったんでしょうが、悪事は隠し切れるものではありません」

「伊織の言う通りだ。天網恢々(てんもうかいかい)、疎(そ)にして漏らさず——」

「なんですか、その格言みたいなのは？」

「そうか、若い人たちは知らないだろうな。どんな小さな悪事も、天罰(てんばつ)を免れることはできないって意味さ」

「勉強になりました。実際、そうですよね？」

「そうだな」

半沢が刑事用携帯電話(ポリスモード)を上着の内ポケットに入れ、ふたたびスカイラインを走らせはじめた。

しばらく青梅街道を直進し、環七(かんなな)通りを右折する。津島の住む『野方レジデンス』は野方三丁目にあった。西武新宿線の野方駅の近くだった。

九階建てで、外壁は茶色だ。半沢が『野方レジデンス』の少し先の路上に覆面パトカーを駐めた。

二人は、すぐにマンションのエントランスロビーに入った。

出入口はオートロック・システムにはなっていなかった。管理人室も見当たらない。

奈穂たち二人は、エレベーターで七階に上がった。

津島の部屋は七〇五号室だ。奈穂は上司に目顔で促され、インターフォンを鳴らした。

なんの応答もない。奈穂は何気なくノブに手を掛けた。施錠されていなかった。

「津島さん、お邪魔しますよ」

半沢が大声で告げ、青いスチールのドアを開けた。奈穂は三和土に目をやった。

男物の黒い紐靴が一足置かれている。津島の靴なのか。

「ちょっと上がらせてもらいます」

半沢が先に靴を脱ぎ、玄関ホールに上がった。奈穂は上司に従った。

間取りは2LDKだった。中央のLDKに人影はなかった。

半沢が右手にある寝室に足を踏み入れた。

奈穂も入室した。次の瞬間、声をあげそうになった。ダブルベッドの上に、トランクス一枚の津島が仰向けになっていた。

その左胸には電極板と平べったいタイマーボックスが粘着テープで留めてあった。

寝室の空気は焦げ臭かった。津島は身じろぎ一つしない。すでに息絶えているようだ。

「感電自殺したみたいだな」

半沢が右手の人差し指を舐め、津島の鼻の下に当てた。

「どうですか？」

「もう死んでる。おそらく睡眠導入剤を大量に服んでから、タイマーをセットしたんだろう」

「そうでしょうか」

奈穂は枕許に歩を運び、上体を屈めた。すると、津島の口許から薬品臭い刺激臭がうっすらと立ち昇ってきた。

「親方、津島は殺されたのかもしれません。口許が薬品臭いですから」

「えっ⁉ こっちはあんまり嗅覚が鋭くないんで、わからなかったな」

半沢がそう言い、鼻先を津島の顔すれすれまで近づけた。

「どうです？」

「確かに口許が薬品臭いな。クロロホルムかエーテルを嗅がされてから、心臓部に電極板を貼られたのかもしれない」

「ええ。折笠の仕業でしょうか？」

奈穂は言いながら、ナイトテーブルの上を見た。パソコンで打たれた遺書が載っていた。プリントアウトは一枚だった。

「手を触れるなよ」

半沢が上着のポケットから白い布手袋を摑み出し、素早く両手に嵌めた。ゆっくりとプリントアウトを抓み上げる。

奈穂は半沢と並ぶ位置に立ち、遺書の文字を目で追いはじめた。

警察の方々に

部下の野々村保を事故に見せかけて水死させたのは、このわたしです。投げ釣りの要領で野々村の額に錘をぶつけて、脳震盪を起こさせたのです。殺人の動機は、彼に宝石デザイナーの里見百合さんと不倫関係にあることを知られてしまったからです。百合さんを絞殺したのも、わたしです。彼女に強く離婚を迫られ、つい思い余ってしまったのです。

保身のためとはいえ、わたしの犯した罪は赦されません。被害者の二人に、死を以て償います。ご迷惑でしょうが、後始末をよろしくお願いします。

津島恭輔

半沢がプリントアウトをナイトテーブルの上に戻した。

「遺書から折笠潤の指紋も掌紋も検出されないだろうが、犯人は何かミスをしてるかもしれない。殺し屋でも、完璧には人殺しはできないものだ。ましてや折笠は、犯罪のど素人だ。どこかに殺人者の遺留品があると思うよ」

「そうでしょうね。機捜のメンバーが駆けつける前に各室をチェックしてみます。親方、事件の通報をお願いします」

奈穂は寝室を出た。

ほとんど同時に、ドアの近くに身を潜めていた折笠がゴルフクラブを大上段から振り下ろした。アイアンだった。風切り音は高かった。

奈穂は横に跳んだ。ゴルフクラブのヘッドがフローリングの床を叩いた。

折笠が口の中で呻いた。腕に痺れが走ったのだろう。

「親方、犯人が潜んでました」

奈穂は大声で伝えた。折笠が唸りながら、アイアンクラブを振り翳した。

寝室から躍り出てきた半沢が、肩で勢いよく折笠を弾いた。折笠が後方に引っくり返る。半沢が手早くゴルフクラブを奪い取った。

「終わりだ。わたしの人生は、もうおしまいだな」

折笠は大の字になって、天井の一点を凝視した。能面のような表情だった。

「あなたが愛人の百合さんを絞殺して、津島さんも殺したんですね？」

奈穂は確かめた。

「そうだよ。百合はわたしが離婚しなかったら、二人の関係を公にしてやると脅しをかけてきたんだ」

「あなたに選挙資金を提供した津島さんまで殺害するなんて、ひどいわ」

「もう調べはついてると思うが、津島は職場で不正を働いて十数億円の裏金をこしらえたんだよ。わたしは十億円をカンパしてもらった。そのことが表沙汰になったら、参院選出馬どころじゃなくなる。あいつは、野々村とかいう部下も殺してる。だから、抹殺しなければならなかったんだよ」

「あんたが国会議員になれなくなったことに乾杯したい気持ちだよ。立て、立つんだっ」

半沢が怒鳴った。

折笠はのろのろと立ち上がった。半沢がゴルフクラブを投げ捨て、腰の手錠を引き抜いた。

いつまでも、半沢係長の部下でいたい。奈穂は折笠の後ろに回り込んで、ベルトをしっかり摑んだ。


カルビがうまい。

半沢は焼肉を頬張り、ビールを呷った。自宅一階の居間である。

リビングソファは隅に寄せられ、二つの座卓が据えてあった。卓上には、レンタルの無煙コンロが三つ並んでいる。

一連の事件が片づいたのは三日前だった。半沢は町田駅近くの焼肉店で、七人の部下を慰労するつもりでいた。

その話を妻から聞いた母のトヨが息子の部下たちに会ってみたいと言いだしたのである。そんなわけで、自宅で焼肉パーティーを催すことになった次第だ。

酒宴には、母と次男の望が加わっていた。望は隣に坐った奈穂のため、せっせと牛ロースを焼いてやっている。奈穂も望には好感を覚えている様子だ。

二人がひょんなことから結婚したら、自分は伊織の義父になるわけだ。そうなった場合、どんなふうに接すればいいのか。いや、そんなことにはならないだろう。望は映像作家になる夢を実現させるまで、誰とも結婚する気はないと言っていた。しかし、夢よりも恋を選ぶこともあるだろう。自分は何を考えているのか。

半沢は自嘲して、煙草をくわえた。

そのとき、ほろ酔い気分の母が部下たちをゆっくりと見回した。

「一が、倅が偉そうなことを言ったら、みなさん、『この寝小便垂れが！』ってやり返しなさいな。一はね、五歳までおねしょをしてたの」

「自分は、そんなふうには言い返せませんせん」

草刈が応じた。

「どうしてなの？」

「だって、自分は六歳まで寝小便をしてましたから」

「あら、どうしましょう⁉」

母が焦って、孫の望の肩口を抱いた。望がさりげなく話題を変えた。

母親をそろそろ寝かせないと、とんでもない昔話を披露されそうだ。

半沢は、妻の寛子に目配せした。

寛子が心得顔で、トヨに近づいた。母は物足りげな表情だったが、妻の言葉に従った。ほどなく二人は居間から出ていった。

「今夜は無礼講だ。大いに喰って、しこたま飲んでくれ」

半沢は立ち上がって、七人の部下に順にビールを注ぎはじめた。

本書は二〇一六年七月に廣済堂出版より刊行された『犯行前夜　刑事課強行犯係』を改題し、大幅に加筆・修正しました。

本作品はフィクションであり、実在の個人・団体などとは一切関係がありません。

文芸社文庫

潜伏 新米女刑事

二〇一九年十月十五日　初版第一刷発行

著　者　南英男
発行者　瓜谷綱延
発行所　株式会社　文芸社
〒一六〇-〇〇二二
東京都新宿区新宿一-一〇-一
電話　〇三-五三六九-三〇六〇（代表）
〇三-五三六九-二二九九（販売）

印刷所　図書印刷株式会社
装幀者　三村淳

ISBN978-4-286-21348-4